I0836046

# Newyorkinos

Jacqueline Donado

# Newyorkinos

Primera Edición
Octubre de 2013

Book Press NY 2013

ISBN 978-0-9847030-3-6



Printed in the U.S.A.

A Hilda

# Índice

# El abrazo de la muerte

En la calle Carmine en Manhattan hay un edificio de tres pisos, de ventanas pequeñas, puerta metálica, un corredor y escaleras angostas, de pisos de vinilo color gris, que comunica a doce apartamentos pequeños. Desde 1978 el edificio es habitado por un grupo de doce hombres que son músicos, bailarines y porteros de discotecas que comparten su estilo de vida. Ocho de ellos trabajan para el mismo patrón, un judío cincuentón llamado Jack, que complació a su madre con el diploma de abogado de Columbia University, pero dedicó su vida al mundo del entretenimiento. Fue conocido como el hombre más popular de la fiesta en Nueva York y nunca defendió a nadie en los juzgados. Sólo una vez pisó una comisaría de policía, retenido por escándalo en la vía pública e irrespeto a la autoridad.

–Manejaba mi Mustang verde con las ventanillas abiertas por la calle Vandam, escuchando a todo volumen *Tramps & Thieves* de Cher, con tan mala suerte que me paró un policía acabado de graduarse de la academia No sabía con quién estaba hablando y me mandó al calabozo. A las tres horas, después de un par de llamadas de mis amigos, regresé a la calle.

La mirada de Jack es clínica. Sus protegidos conocen su poder, la influencia que tiene con la policía, con los fiscales de los tribunales y con los peluqueros de Greenwich Village, quienes le recomiendan cada semana una docena de aspirantes a modelos, cantantes, bailarines y pintores que, en su gran mayoría, terminan pasando la noche con Jack en su pent-house de Chelsea donde vive con tres perros, un gato y dos criados africanos. La servidumbre se acostumbró a los encuentros fortuitos de jóvenes desnudos en los corredores que conducen al comedor o a la terraza cubierta con una pérgola especial, adornada por el encanto de las azucenas y lirios que florecen cada primavera. Los sirvientes cuidan con gran esmero de la propiedad y de sus visitantes que acostumbran a cenar en una gigantesca mesa de madera, adornada con broches de bronce que reflejan la luz de las velas con olor a vainilla, escogidas personalmente por Jack.

Jack es un hombre muy bello, de piel canela, cabellos rubios y ojos verdes como los de su padre Abraham. Sus encantos se extinguieron por el abuso del alcohol y la mezcla del tabaco y la marihuana que fumaba diariamente, además por la indiferencia de León, su empleado favorito.

Los caprichos de Jack son órdenes y muy a pesar de su deterioro físico se las arregla para lucir mucho más joven. "Me recuerda a las siemprevivas, unas plantas muy hermosas. Rejuvenece frecuentemente, cada vez que tiene una nueva cita romántica, luego decae y así, finalmente, terminaron sus días, confinados en su apartamento", dijo a un reportero uno de los sirvientes.

El ambiente discotequero dominado por Jack incluye una agencia de empleos, que funcionaba en la calle Carmine. Por las noches, luego de que se dispersara la multitud de personas buscando empleo, el lugar se transformaba en un casino clandestino. Las pantallas de las lámparas de oficinas eran cubiertas por otras más oscuras. El ambiente de cabaret mezclado con el juego ilegal era todo un garito, a donde sólo podían entrar los amigos y recomendados de Jack. Las noches de verano eran muy malas para el juego clandestino pero, en el invierno, Jack recuperaba todo el dinero que no había acumulado en los días soleados, cuando la mayoría de su clientela prefería irse a Fire Island y los más afortunados a los Hamptons.

Las playas de arenas blancas y las mansiones estilo mediterráneo, con jardines impecablemente cuidados y grandiosas terrazas, continúan siendo el centro de atención de los neoyorquinos en verano. En una de esas casas, con portones de madera y cámaras de seguridad, dormía León, huésped ocasional de un cirujano neoyorquino, millonario, casado y con dos hijos.

En medio de la canícula del verano en agosto, en un día particularmente húmedo, soleado y caliente, León descansaba, alejado de la calle King, del edificio de Carmine, que ya le empezaba a incomodar, de los partidos de fútbol en el parque del FDR y de las hamburguesas vegetarianas de la cafetería de la calle Mark, en donde tenía un sitio reservado permanentemente. León acostumbra a despertarse después de las tres de la tarde. Sigue una rutina: se destapa poco a poco, primero una pierna, luego la otra, un brazo primero y, al final, lentamente retira las sábanas que cubren su cuerpo escultural. León no tiene prisa pues es el huésped de honor de un médico acaudalado que regresará en dos días. En la cama de la alcoba principal, León permanece acostado y sostiene entre sus brazos su almohada inseparable. Es una almohadita de bebé que le envió su hermano de París el día que nació su sobrina Nadia. La almohadita vino acompañada con una tarjeta de lino blanco y letras plateadas en donde se leía: *Por el recuerdo de tantas alegrías compartidas. Eres mi cómplice, mi hermano, mi confidente.*

La almohadita era un símbolo de fortaleza para León que mantiene su rutina de ejercicios aunque estuviese alejado del gimnasio. León aprendió a levantar pesas en su diminuto apartamento. Ahora en la casa del médico veía que la diferencia era enorme cuando miraba su reflejo en los espejos de la grandiosa habitación. León decidió hacer los ejercicios abdominales del día en el lustroso piso de madera. Hizo ejercicios desnudo, caminó desnudo por los jardines y se lanzó desnudo a la piscina. Desnudo volvió a dormirse. Sabía que Jack no lo multaría por no presentarse a trabajar. Ese fin de semana, la acción de la fiesta neoyorquina se había mudado a los suburbios y, con ella, León y alguno de sus amigos.

–Si yo fuera rico. . . como lo son el doctor y sus vecinos, viviría aquí el año entero. No me importaría el frío ni la nieve ni la oscuridad del invierno. En los Hamptons me quedaría.

Pero la realidad era otra. Desde adolescente soñaba con ser rico, odiaba el corredor de la vecindad "La rosita", en el centro histórico de Panamá, en donde se había criado. Las calles angostas del vecindario, los edificios de arquitectura española destruidos por el abandono y el olor a humedad proveniente de las callejuelas le compungían. Sólo en el mar se sentía libre. Desde niño quiso salir, desde niño soñó con vivir en otro sitio que no fuera "La rosita".

"La rosita" era el submundo del mundo imaginario de León y estaba conformada por doce pequeñas viviendas, seis de cada lado, separadas por un inmenso corredor al aire libre.

Cuando llovía, el agua entraba a raudales por las habitaciones de las humildes casas de tejados sin cielo raso.

Las lluvias panameñas son casi tan famosas como el Canal de Panamá y León las odiaba. También detestaba lo que representan las grandes residencias asignadas a las familias que trabajaban en el canal. En verano, León se las arreglaba para conseguir un trabajo de jardinero o ayudante de pintura con el sólo propósito de poder ingresar a las mansiones.

Agobiado por la necesidad de vestir mejor, manejar un auto, salir de pobre y vivir plenamente la vida, León le pidió ayuda a una tía que vivía en los Estados Unidos.

León llegó a Nueva York con seis dólares en el bolsillo y el número de teléfono de la tía, quien le daría posada por una semana.

–Procura llegar a Nueva York un sábado porque así te podré ir a recoger al aeropuerto. Y asegúrate de que en siete días hayas alquilado una habitación en alguna parte – le dijo la tía. – Nos seguiremos viendo cada quince días, mi día libre – agregó. – No te puedes quedar conmigo porque vivo en una residencia para señoritas. Compartimos el baño en el corredor y sólo nos permiten un huésped durante siete días al año.

Al cruzar la puerta de salida del aeropuerto, León entró al mundo en donde hubiera deseado nacer. El bullicio, el movimiento de las taxis amarillos, los viajeros caminando de un lado a otro con sus equipajes, los policías, los guardas de seguridad, los auxiliares de las aerolíneas, todo se movía rápidamente. Ante sus ojos se develaba la imagen de la ciudad que empezó a querer desde muy joven. Allí estaba su tía, una mujer de cuarenta y cinco años que trabajaba como institutriz en una mansión de Scarsdale para una familia de millonarios.

–¿Qué te trae a Nueva York? ¿Acaso no la pasas bien? En tu última carta me contaste que eras el mejor deportista del barrio y a punto de ganarte una beca para ir a la universidad privada – le dijo la tía después de abrazarlo y de acariciarle los cabellos ensortijados.

–Quiero olvidar las miradas inquisidoras de mis padres y de mi hermano mayor, las de mis compañeros de clase y las de los curas que me tenían al margen de las actividades físicas, de los campamentos de fin de semana en la zona del Canal, a pesar de que era el mejor deportista del colegio. Allá era un león enjaulado – dijo.

La mujer lo miró de pies a cabeza: sus ropas eran finas, bien seleccionadas pues todo coordinaba perfectamente. Los mocasines de cuero italiano, la bolsa de viaje, las maletas eran costosos, de cuero labrado, y gafas de sol de marca completaban perfectamente la imagen del turista que caminaba por la terminal de pasajeros como una estrella de cine.

El viaje del aeropuerto al apartamento de la tía fue más largo de lo esperado. León miraba los edificios, los autos, las señales de tránsito y poco a poco fue descubriendo que había encontrado el camino a la libertad, alejado de "La rosita", de las chismosas del barrio, de su ambiente pobre. A las pocas horas de estar en Nueva York llegó a la conclusión de que lo único que extrañaría serían los cuidados de su mamá y sus comidas, así como las ausencias de su padre.

La tía cumplió con su promesa.

A la semana de estar en Nueva York, León había ganado quince dólares y derecho a un cuarto gratis en el segundo piso de un garaje de mecánica en la Avenida décima y la Calle 46, muy cerca del muelle donde atracaban los cruceros, y desde donde aprendió a distinguir entre los turistas europeos (con sus cámaras fotográficas, sombreros y gafas de sol), los estibadores y los trabajadores en los barcos.

León quería más: deseaba viajar en los cruceros y conocer el mundo. Por eso, después del trabajo en el garaje de mecánica, se lavaba las manos obsesivamente para borrar todo rastro de grasa y se iba a caminar por los muelles, se tomaba un café en una de las cafeterías del área y allí, un sábado de otoño, encontró a Gaby, el músico que le presentaría a Jack.

Gaby era uno de los inquilinos del edificio de la calle Carmine. Era un músico y bailarín puertorriqueño muy divertido, que contaba historias del Vietnam, de entierros múltiples en fosas comunes, con la misma sonrisa con que contaba los chistes. También preparaba deliciosos asopados y pastelones de carne que a León le hacían recordar los platillos que su mamá le preparaba.

Gaby y León se convirtieron en amigos inseparables. Jugaban baloncesto los días de semana en la Calle cuatro y la Avenida sexta. Jugaban dominó en la calle Carmine. Hacían parte de la misma comparsa en el desfile de Halloween en el Village y se escapaban, cuando la oportunidad lo permitía, a las noches de baile del Palladium en la Calle catorce.

Gaby y otros amigos puertorriqueños conocieron la música tropical panameña, colombiana y venezolana a través de León. Cada vez que Rubén Blades, Oscar de León o Joe Arroyo llegaban a Nueva York, León los invitaba a una noche de rumba salsera. La afinidad con la música, los bailes caribeños y el deseo inmenso de establecerse cómodamente en Nueva York sirvieron de catalizador al grupo de inquilinos de la calle Carmine. Aprendieron a compartir sus alegrías y también a respetar la profunda soledad que envolvía a León, aún en los días más felices.

Los atardeceres de Nueva York, cuando el sol empieza a ocultarse y los alumbrados públicos a iluminarse, es ese momento de transición entre el día y la noche, cuando los empleados de nueve a cinco regresan a sus casas; muchos de ellos viajan en metro o trenes a los barrios periféricos o a las afueras de Nueva York para cenar con sus familias. Mientras tanto, otra legión de trabajadores apenas despierta y se dispone a trabajar en los grandes clubes nocturnos y restaurantes que inyectan a la ciudad de un ambiente de aparente alegría.

León, sus vecinos y los empleados de Jack conforman el grupo nocturno, acostumbrados ya a las luces de neón, a compartir con hordas ansiosas de diversión que se dejan dominar por la mirada inquisidora de los porteros de las discotecas. No se ha escrito un manual para entender a los porteros de las discotecas de Nueva York. Ya sea por la forma en que luzcan los visitantes o por sus peinados o cortes de pelo o por sus vestimentas o por el aroma de sus perfumes finos o baratos, los porteros de los clubes deciden caprichosamente quién ingresa o no a las fiestas que se desarrollan en sus interiores.

De guarda ante la puerta de la discoteca de Jack, León era el juez supremo de la fiesta. Escudriñaba de pies a cabeza a los aspirantes a entrar al club. No se inmutaba ante las sonrisas insinuantes de mujeres y hombres. Incólume con su figura escultural de hombros anchos, cintura y caderas pequeñas, piernas largas y muslos perfectos, León dejaba ingresar a quien él le viniera en gana.

De porte altivo, León era un buen bailarín y un colaborador incansable de Jack. También conoció a los domésticos africanos de Jack, a quienes les llevaba la compra de las frutas tropicales por encargo de su patrón. Se rehusaba entrar al apartamento, a pesar de las continuas invitaciones de Jack. Sólo le aceptó un apartamento en alquiler, a precio reducido, en la calle Carmine, y un trabajo en el bar de moda. Jack fue el pasaje a una vida de lujos e ilusiones, de drogas y licor, de amantes y amores y, al final, del olvido, incluso de parte de quienes le habían prometido cuidarlo eternamente.

Los veranos en los Hamptons se convirtieron en la válvula de escape de León, quien a hurtadillas se escabullía los lunes, martes y miércoles, sus días libres, y luego fue cambiando la rutina cuando el médico amigo lo empezó a invitar los fines de semana del verano a los asados de la Fiesta de la Independencia, a los conciertos al aire libre y a los paseos en su yate privado.

La esposa del médico y sus hijos pequeños preferían irse de vacaciones al Mediterráneo.

León disfrutaba de la residencia a sus anchas. Adoraba el sol y una tarde acostado al borde de la piscina tarareaba, con voz melodiosa y acento carioca, una canción que había bailado y con la que ahora esperaba la llegada del médico propietario de la mansión... *Anoche, anoche soñé contigo, soñaba que te besaba...* El sueño de la canción se cumplió durante los veranos de 1985 a 1989. La relación entre León y el médico se fue diluyendo con el paso de los años y León nunca más regresó a la mansión de los Hamptons, nunca más le cantó la canción al médico y sólo lo volvió a ver quince años después, en la sala de urgencias del hospital de Nueva York.

Las sombras de la noche envolvieron a León y a muchos de sus amigos. Una nube densa y tenebrosa lo abrazaba, hundiéndolo cada vez más en la soledad. Sus compañeros de trabajo sigilosamente confirmaron con el cartero del edificio lo que todos sospechaban: una terrible enfermedad aniquilaba el sistema inmunitario de León al igual que su interés por vivir.

*Querido amigo:*
*Tu hermano está a punto de morir.*

*Sé que es muy doloroso leer este mensaje, pero este final se veía llegar. La última vez que viniste a Nueva York descubriste que las cartas de León estaban llenas de sus sueños inalcanzables. León te escribía las maravillas del mundo de la moda, los contratos de modelaje y la firma exclusiva con los diseñadores famosos. Obviamente ésos eran sus deseos, pero la realidad es otra.*

*Jack, el patrón con quien la mitad de los jóvenes en Manhattan quieren trabajar, fue el único que le consiguió los mejores contratos con sus amistades y clientes de los clubes clandestinos. A través de esa gente famosa pudo viajar como acompañante de lujo los fines de semana a las Bahamas, Londres y los Hamptons. Jack murió hace tres meses y ya no queda nadie más.*

*León está enfermo y solo. Te necesita. No desea comer nada. Los caldos, frutas y panes que tanto le gustaban, ahora los rechaza, y lo único que no le hace daño es el helado. Tal vez el frío y el dulce lo reconfortan. Así como eliminó las harinas de su dieta, también eliminó de su lista de amigos a los compañeros del edificio de la calle Carmine. Cuando se enteraron de su enfermedad, varios de ellos buscan, por todos los medios, de quedarse con el contrato de arrendamiento del aparta-*

*mento, con el fin de mudarse a un lugar mejor cuidado, con ventanas que dan al oriente y por mucho menos dinero.*

*Muy pocos amigos continúan fieles a León y están sorprendidos de tu ausencia, de la falta de solidaridad por parte de la familia. La gente habla, así que prepárate para cuando te los encuentres; muy posiblemente te critiquen la falta de comunicación con tu hermano.*

*Tú y yo sabemos que eso no es cierto, que lo has buscado por todos los medios posibles, pero él no atiende teléfonos ni responde a las cartas que me envías a mi dirección y que luego yo le llevo a la discoteca donde trabaja.*

*Si deseas verlo y despedirte de tu hermano debes viajar inmediatamente a Nueva York. Deja todo; no lo pienses dos veces. Compra el pasaje, asegúrate de que viajas directamente al aeropuerto Kennedy y allí te estaré esperando. Como siempre, te quedarás en mi apartamento. Irremediablemente todo es muy triste, pero sabes que son cómplices, hermanos y confidentes.*

Él te *espera.*

*Te quiero,*

*Matilda*

Mucho tiempo atrás, cuando se enteró de la muerte de su madre, León juró que deseaba morir en los brazos de su hermano. Nunca antes había vomitado tanto, nunca antes había sentido escalofríos ni aquella fiebre intensa que lo doblegaba en la trastienda de la discoteca donde trabajaba.

Se sucedió una muerte tras otra, sin respuestas y sin llanto. León cayó en el abismo. Las fiestas, el luto por la muerte de sus seres más cercanos y luego enterarse de que su enfermedad era incurable finalmente lo derrumbaron. Se acabaron los viajes de fin de semana. Ahora sólo visitaba el hospital de Nueva York en la Avenida primera. Su piel morena había perdido la lozanía, su cuerpo escuálido buscaba acomodarse en la camilla y las sábanas de figuras rectangulares verdiblancas de la sala de urgencias del hospital eran muy pequeñas para cubrir su otrora espectacular cuerpo. León llegaba a la cita final. La mayoría de sus amigos se habían ido. Jack había muerto y su tía, la mujer alta de cabellos dorados que adoraba los collares y las pulseras de marfil, se había retirado a una villa de gnósticos en La Florida.

En las condiciones en que León llegó al hospital era imposible reconocerlo. Su salud se había deteriorado muchísimo en los últimos meses. Pasaba los días encerrado en su habitación, durmiendo y comiendo helado con sabor a vainilla de Häagen-Dazs.

Muy a lo lejos, el sonido de las sirenas de las ambulancias se escuchaba en la sala de urgencias del hospital. Dos enfermeras, a lado y lado de la cama de León, lo atendían a la espera del médico que ordenaría el traslado al noveno piso. Estaba infinitamente solo, igual que cuando había salido rumbo a Nueva York, cuando se mudó al garaje de la Calle 46 y luego a la Calle Carmine, al igual que el día en que había conocido a Gaby y luego a Jack. Esta vez, León esperaba la muerte.

Deliraba con la canción de los *Aretes de la luna*, con los besos que le daba su madre después de correr por el parque a la vuelta de su casa y con el abrazo de su hermano. El sonido de las máquinas del hospital se intensificaba, las figuras del médico y de las enfermeras cubiertas con batas especiales se distorsionaban ante la mirada al vacío del paciente que temblaba delirante.

Al borde de la muerte, en su agonía eterna de soledad y sombras de la noche neoyorquina, León alcanzó a distinguir la imagen corpulenta de su hermano al entrar a la habitación.

El encuentro fraternal conmovió a las enfermeras que alcanzaron a distinguir a León en los brazos de su hermano, mientras una voz frágil tarareaba... *Anoche, anoche soñé contigo, soñaba que te besaba...* los mismos versos cantados al oído del médico en su mansión de los Hamptons en las tardes de verano sentados al borde de la piscina, los mismos versos que le abrieron el camino a su viaje eterno ante la mirada soslayada de su hermano mayor.

# Pequeño error

-¡Taxi, taxi!

-A LaGuardia.

El despachador de taxis se quería deshacer de su cliente pues hacía varios minutos esperaba en la cola. Llevaba cinco maletas pequeñas, cuatro baúles grandes, una docena de bolsas de plástico y, lo peor de todo, un malhumor que pesaba más que todo el equipaje junto.

El taxista, que estaba a la caza de pasajeros, se detuvo de inmediato, estacionó su auto junto al bordillo de la acera, se bajó y colocó las cinco maletas y los cuatro baúles en el interior del vehículo y no tocó la docena de bolsas de plástico que rodeaban al pasajero, quien lo ayudaba dándole instrucciones, "tal vez más de la cuenta", pensó Lorenzo. Pero un viaje al aeropuerto de LaGuardia no era nada despreciable, especialmente para un taxista que ejercía su profesión solamente durante los fines de semana. El resto de sus horas las dedicaba a estudiar criminología en la universidad John Jay College of Criminal Justice en Manhattan.

Los sábados por la mañana daba gusto recorrer las calles de Nueva York, especialmente cuando resultaba un viaje largo al aeropuerto de LaGuardia y los pasajeros se multiplicaban por el servicio en una fila interminable sobre la acera de la Autoridad Portuaria de la Ciudad de Nueva York, en la Calle 42 y la Avenida octava.

Fue preciso amarrar con una cuerda en el portaequipaje dos de los cuatro baúles. La puerta del baúl del taxi *checker* había quedado entreabierta y solamente estaba asegurada por las cuerdas multicolores que Lorenzo guardaba para casos de emergencia. Eran los gajes del oficio. En su calidad de taxista de medio tiempo y de estudiante de criminología de tiempo completo, Lorenzo había aprendido a sortear los imprevistos de la profesión.

Tomaba las decisiones rápidamente. Trabajaba turnos prolongados. Las vacaciones, los días festivos, tanto religiosos como federales, eran para Lorenzo una oportunidad de ganar dinero extra, de ahorrar para pagar los 45 dólares que le costaba el semestre de derecho y además guardar un poco de dinero para una cerveza, una comida en un restaurante de la Avenida novena o comprar libros y ropa de segunda en el Salvation

Army de la Avenida octava y la Calle 21.

Veía a sus pasajeros como una cuota más que acumulaba para cancelar sus deudas. Por ello casi nunca se fijaba en ellos. No los reparaba de pies a cabeza, especialmente si era un sábado de mañana en la puerta del edificio de la Port Authority of New York. Un delincuente no hacía la fila para esperar a un taxista y mucho menos le iba a robar después de haberle dado sus señas al despachador de taxis.

Lorenzo revisó nuevamente en su memoria la rutina, estacionó el *checker*, se bajó rápidamente, cerró la puerta del conductor, miró las cinco maletas, los cuatro baúles y las bolsas, recibió las instrucciones del despachador, el pasajero se dirigía al aeropuerto LaGuardia y su tamaño y su equipaje no podían pasar desapercibidos.

El pasajero aceptó toda la ayuda de Lorenzo, hasta el momento en que Lorenzo fue a tomar las bolsas plásticas para colocarlas en el poco espacio que quedaba libre en el taxi. El cliente mismo se encargó de colocarlas en el asiento trasero del automóvil.

Primero abrió la puerta trasera de la izquierda, justo la que está detrás del conductor, guardó de ese lado cuatro bolsas y cerró la puerta con una fuerza tan extrema que el taxista, que ya estaba sentado en su lugar de trabajo, se estremeció con el golpe seco.

El pasajero colocó otras tres bolsas en el portamaletas, que ya estaba ajustado con dos de los cuatro baúles y amarrado con la cinta multicolor, y se quedó con cinco bolsas pequeñas en la mano, cargándolas alrededor del brazo izquierdo. En el brazo derecho llevaba el *New York Post* que acababa de comprar al vendedor de periódicos, que era casi tres veces más alto que él, y se había pasado la vida en la misma esquina vendiendo noticias viejas en forma de papel.

El vendedor de periódicos había leído muchas noticias, pero ahora estaba sentado ante una de ellas y en primera fila: era un enano que se inflaba lentamente ante sus ojos. La ira hacía crecer al enano. Vestía a la moda, con chaqueta primaveral de cuadros llamativos, suéter azul celeste y pantalones de carpintero de color crema. Pero justo en ese momento perdió la cordura: gritaba y saltaba como un cable de alta tensión.

Lorenzo observaba toda la escena: al despachador de taxis, al vendedor de periódicos y al enano que se movía inquieto entre el baúl y las puertas del auto. El enano primero revisó el lado izquierdo y luego el derecho, que cerró con tanta fuerza que el taxi se volvió a estremecer.

Lorenzo comprendió el mensaje: "puertas cerradas, momento de partir" y así arrancó el vehículo raudo, rumbo al norte por la Avenida octava de Manhattan buscando la Calle 57 para tomar el Puente de Queens en la Calle 59, cruzar el río y luego atravesar el condado de Queens.

"El auto está más pesado que nunca", pensó Lorenzo, quien en su mente llevaba una calculadora automática con las tarifas del día. Ese dinero del sábado de primavera le serviría para una buena comida en un restaurante español de la Calle 16. Concentrado en el banquete que se daría más tarde y recorriendo el ya conocido menú del restaurante, Lorenzo no se percató del grave error que acababa de cometer.

Entre la indecisión de comer una paella a la marinera o camarones al ajillo, Lorenzo conducía su vehículo por la gran ciudad. Subió por la Avenida octava hasta la Calle 57, dobló a la derecha, siguió hasta la Avenida tercera, donde volvió a doblar a la izquierda y muy ágilmente se movió a la derecha en el único carril que le conduciría al Puente de Queens en la Calle 59. Nada podía ser mejor que una carrera al aeropuerto un sábado temprano por la mañana, lo que le garantizaba otra carrera de regreso a la ciudad, a lo mejor a un hotel de lujo, con su anticipada buena propina.

El aroma de la vinagreta española, de la mariscada, del vino rojo y del pan recién salido del horno invadían el taxi de Lorenzo pues ya tenía la mente enfocada en la cena de la noche. No había cruzado palabra alguna con su pasajero y, debido a su baja estatura, era lógico que no lo pudiera ver por el espejo retrovisor. Pero el instinto del conductor de dominar a su pasajero a través de la mirada tan impersonal del espejo le llevó a buscar al enano en el inmenso sillón del automóvil.

Lorenzo miró de reojo hacia la derecha y sólo alcanzó a ver las maletas. Luego miró hacia la izquierda y ubicó las bolsas plásticas. Sólo tenía que mirar al centro pues a lo mejor allí, entre los cojines y la docena de bolsas plásticas que su pasajero no le había permitido tocar, encontraría al enano durmiendo.

Nada de nada: en el sillón trasero no había pasajero alguno, sólo maletas y bolsas plásticas.

–En menos de diez minutos llegaremos a LaGuardia - anunció Lorenzo. Esto lo hacía con frecuencia ya que era la manera de decirles a sus pasajeros: "Alístense, hay que descargar el auto, no tengo tiempo de sobra, tengo que pagar mis estudios y mi comida española de esta noche".

Silencio total. Sólo se escuchaba el ruido del motor. Lorenzo se inquietó y empezó a llamar a su pasajero.

–Disculpe, señor. ¿Está bien?

No hubo respuesta. Esperaba un gesto, una respuesta corta, necesitaba escuchar algún sonido, por lo menos un ronquido, si era que el sueño se había apoderado del pequeño pasajero.

En ese momento cruzaba el puente de la cincuenta y nueve: el sonido era inconfundible, la cubierta de metal del puente, responsable de tantos accidentes de tránsito, se estremecía descontroladamente. El taxista ya empezaba a sospechar de su pasajero y, por lo tanto, disminuyó la velocidad. Colocó el brazo derecho sobre el espaldar de su asiento para levantarse un poco y mirar con detenimiento la parte trasera de su *checker*.

El grito de Lorenzo fue tan intenso que cruzó las fronteras y se alcanzó a escuchar en Kalamazoo (Michigan), la planta ensambladora de los famosos automóviles producidos por la Checker Motor Company.

El asiento solitario, lleno de bolsas de plástico y maletas, paralizó a Lorenzo. Viajaba con cuatro baúles, cinco maletas y una docena de bolsas plásticas sin su propietario, un enano de cara ancha, cabellos largos color castaño que, vistiendo una chaqueta impermeable de colores brillantes, se había ganado la indiferencia de los pasajeros en la estación de buses de la ciudad.

Cuando el taxi había arrancado y alcanzado esa velocidad que sólo pueden lograr los autos amarillos en la ciudad de Nueva York, el enano había gritado con tal fuerza que paralizó a todo ser viviente que había a su alrededor. Primero se quedaron quietos al grito de ¡Pare! y luego voltearon la cabeza lentamente, buscando el origen del aullido desesperado del pequeño ser que veía cómo se le escapaba de las manos su más preciado tesoro.

El vendedor de periódicos no había desaprovechado el momento; de inmediato se había sentado en primera fila. Observaba la desesperación del enano que, en vez de hablar, gritaba, que no caminaba sino que saltaba de esquina a esquina, buscando el apoyo de la autoridad portuaria.

Alguien debía de llevar un control de los taxis que paraban en la terminal. El número del medallón del taxi sería su salvación o tal vez una llamada a la estación del aeropuerto LaGuardia. ¿Pero quién le garantizaba que el taxista llegaría al aeropuerto sin pasajero?

–Se escapará con mis cuatro baúles, las cinco

maletas y las bolsas plásticas - dice él enano.

–¿Por qué se preocupa? Al taxista no le quedará bien su ropa. Es muy pequeña - decía el vendedor de periódicos, en medio de las risotadas del público que se había detenido esperando el desenlace del episodio de un sábado por la mañana.

El enano iracundo estaba a punto de darle un colapso nervioso.

Un vagabundo, acostado en una esquina, había observado la escena y entre el sueño y la vigilia trataba de esclarecer si la realidad de esa mañana primaveral hacía parte de sus sueños multicolores. Se levantó finalmente y se dirigió a los sanitarios públicos. Para su primera orinada del día debía pasar junto al enano y susurrando le dijo:

–Para de chillar. . . el taxista regresará.

Fue la profecía del desamparado. En la distancia se divisaba a Lorenzo con su taxi reluciente bajo el sol brillante de esa mañana.

El enano no lo pudo distinguir. Sólo lo vio el despachador de la autoridad portuaria y le abrió espacio entre los taxis que se alistaban a recoger pasajeros. Allí aparcó Lorenzo. Se bajó del auto y le gritó al enano:

–¡Apúrese que va a perder el avión! Aún tenemos tiempo.

Sin mediar palabras, el enano siguió las órdenes del taxista, se embarcó en el taxi, abrió la ventana trasera y cerró los ojos. La pesadilla había terminado, había recuperado sus cuatro baúles, las cinco maletas y la docena de bolsas de plástico que guardaban sus zapatos multicolores, sus sombreros, estolas, trajes de gala, libros y el mapa de una región rocosa de Sicilia en donde estaba dibujada la ruta del tesoro escondido por su bisabuelo en la época de la invasión alemana a Italia.

En veinte minutos el enano llegó al aeropuerto. Lorenzo miraba de reojo a su pasajero, quien a su vez dudaba si le debía dejar o no una propina al conductor.

"Cinco dólares son suficientes para que deje la prisa y sea más atento con sus pasajeros", pensaba el enano. Pero su conciencia se despertaba y reconocía la honradez del conductor. Le había devuelto su equipaje con el mapa del tesoro escondido y esos zapatos de rayas amarillas y rojas que sólo utilizaba los días estivales en Point Pleasant en las costas de Nueva Jersey.

LaGuardia los esperaba. La terminal de vuelos nacionales estaba desierta. Lorenzo detuvo su automóvil con cuidado y luego corrió en busca de un carro portaequipaje donde colocó los cuatro baúles, las cinco maletas y la docena de bolsas plásticas.

Para el enano, Lorenzo no era más que un robot que deseaba terminar con la pesadilla sabatina. Para Lorenzo, el enano era su peor pesadilla: ese sábado no comería camarones al ajillo, ni mariscada española en Chelsea, ni pan con ajo, ni mucho menos la exquisita sangría que le preparaba Manolo, el mesero más versátil del restaurante español.

–Son cinco dólares - dijo Lorenzo.

–No te debería pagar pues eres un mal taxista.

–Pare su sermón barato. Págueme que estoy de prisa.

–Eso ya lo sé. La prisa que exigen los dólares - dijo el enano, sacando lentamente un sobre de su diminuta cartera de viaje y se lo entregó al taxista. Lorenzo lo observaba con mirada inquisidora.

–Aquí tienes. Disfrútalo. Es tu pago.

Lorenzo lo recibió. Ya no había nada que lo pudiera sorprender. Estaba agotado y sobresaltado por los gritos del enano y del vendedor de periódicos, por los aplausos de los transeúntes aglomerados en la acera de la Autoridad Portuaria y por la multa que de seguro le venía en camino.

El enano se perdió en los corredores, siguiendo celosamente al maletero que empujaba sus cuatro baúles, cinco maletas y docena de bolsas plásticas. El taxista lo observaba cruzar las puertas de cristal y abrió el sobre en donde estaban doblados dos billetes de cien dólares: el castigo por ser un mal taxista y el reconocimiento al ser humano.

# El mundo en una bola de papel

Encerrado en el sórdido espacio de su vivienda, en una de las tres habitaciones de un sótano húmedo y oscuro, tendido en la cama, sin sábanas ni edredones, Marcial toma una copa de vino tinto: es su pasaje al mundo de la fantasía.

Le tiemblan las manos y pareciera que el vino se fuera a derramar sobre la cama, le corre por las mejillas, por los labios finos y lo consume su cuerpo que padece de complicaciones del hígado, páncreas y sistema nervioso.

Aunque tiene cuarenta años, parece un hombre enfermo de sesenta, perdido entre sus delirios de grandeza, en el pasado de lujos y poder y en un presente olvidado en medio de las sirenas de las fiestas de este 31 de diciembre en Nueva York.

Marcial toma la decisión final de acabar con las mentiras y en el sótano que comparte con otros hombres saca todos los archivos, los nombres y apellidos de los ricos que le habían dado dinero para alterar la paz de los pueblos. El licor y las enfermedades habían minado su físico y se dirige a Times Square la noche de fin de año con todos los documentos dispuesto a lanzarlos desde un edificio para revelar la identidad de quienes destruyen el futuro de la humanidad.

El alcohol no entierra las penas del cautiverio. Marcial estuvo encerrado en un calabozo luego de ser arrestado por tráfico de noticias entre los insurgentes y los extranjeros acaudalados de Nueva York dispuestos a financiar guerras en América Latina buscando abrir el mercado para la venta de armamentos, municiones, equipos de comunicaciones y artillería.

El único contacto con el mundo externo en los últimos seis meses de la vida de Marcial era una videasta delgada, de cabellos rubios y cortos y de modales distinguidos que lo visitaba en el sótano. Le hablaba con sigilo, procurando sacarlo del encierro, y en varias ocasiones se les vio comunicándose mediante señas. Se retiraba sola, evitaba caminar por el vecindario y se subía rápidamente a un auto que la esperaba estacionado al frente de la puerta lateral de la vivienda.

Durante su última visita, Marcial le entregó una servilleta en donde se leía:

> *No te mueves para evitar el dolor, es una manera para separar el alma del cuerpo físico y así evitar mirar a los ojos a tus captores que te torturan, porque al cruzar la mirada no tienes otra opción que darles un balazo cuando los vuelvas a encontrar en tu camino. Los orines, los excrementos y los vómitos compartían el espacio con las ratas. Todo sucedió hace veinte* años en los calabozos de un centro clandestino de detención en mi país. *Todo pasó en una semana de encierro. Acabaron con mis ilusiones y me lanzaron al abismo de donde aún no he podido salir.*

–Entonces tenía veinte años, quería pelear contra todas las fuerzas del mundo - dijo Marcial.

La videasta hacía su trabajo, documentaba cada suceso en la vida de su personaje. En las últimas entrevistas empezaba a mostrar una leve pérdida de interés por Marcial. Sospechaba de la veracidad de las historias y era casi que imposible constatar los datos suministrados.

–Él cree que todo el mundo lo persigue, que las autoridades lo investigan, que lo tienen vigilado. No habla, no sale, no hace nada - le dice la mujer a su conductor.

La época de la abundancia, sus ademanes refinados y cuidados de hijo único criado por institutrices francesas habían quedado atrás. Lleva el mismo nombre de su padre y tiene su mismo semblante. Fue una noche de lluvia, cuando Marcial, de ocho años de edad, pasó a la tutela del internado. Los padres del niño, bailarines de ballet clásico, se iban de gira mundial con la compañía nacional de Francia.

Lo visitaban en los veranos y cuando estaban en París; el resto del tiempo, Marcial pasó su vida enclaustrado en los dormitorios y bibliotecas de la escuela. A los 19 años viajó a Bolivia, atraído por la selva y por las noticias del cambio social que se escuchaban en Europa.

Bolivia fue el inicio de su periplo por el continente americano hasta llegar a Nueva York, en donde se casó cinco veces, tuvo un hijo a los treinta años de edad y se internó con algunos asilados políticos que procuraban cambiar la imagen de la lucha de clases y combatir los movimientos de izquierda en Latinoamérica.

Su voz se confunde con el sonido gutural típico de los borrachos. Por su mente pasan los recuerdos de las carreras de jóvenes con el torso desnudo, pies descalzos heridos por el caminar en las trochas de la selva para entregarles el dinero a los insurgentes y para salvarse el pellejo.

Nada mejor que terminar la jornada bebiendo cerveza muy fría y acostarse con una indígena muy caliente. Su vida ha cambiado tanto: del internado francés a Bolivia y después a Nueva York, de donde ahora quiere volver a salir.

En la noche de fin de año, Marcial se mira al espejo colgado en una columna de la habitación, al lado de la puerta del armario. Ve un cuerpo firme de muslos pequeños; los vellos púbicos le cubren la herida de bala que casi había aniquilado su virilidad. Y en su torso se aprecia una protuberancia debida a una fractura en las costillas. El brazo le brilla por el aceite de bebé que se acaba de untar sobre el tatuaje de una rosa y un corazón. Acaricia suevamente la imagen y le regresan sus recuerdos del dolor, del paisaje selvático en donde le habían quemado la piel: cómo le había dolido el procedimiento sobre su piel morena.

–¿Qué habrá pasado con el resto de los quince misioneros que se tatuaron la rosa y el corazón? A lo mejor están podridos, como lo estoy yo - dijo, mirándose nuevamente al espejo.

Para Marcial, la fecha del fin de año no significaba nada: era una noche más de frustraciones, de recuerdos que lo enervan y no puede ver ni encontrar nada positivo a su alrededor.

Las pocas veces que Marcial salía de su casa se transformaba en un hombre de modales elegantes. Le gustaba frecuentar lugares de moda, donde le dieran un tratamiento especial. Le fascinaba sentarse en sillones abullonados, reflejando felicidad, sonriendo, intercambiando saludos y besos en las mejillas con amistades que le sonrían y le pidan la bendición, especialmente aquellos que aún le recuerdan de sus años de juventud en las campañas cívico-religiosas.

Una vez cumplía con el papel de hombre delicado y cordial, bebía y se transformaba en un ser irreconocible, de mirada hosca y manos temblorosas con un extraño movimiento en la pierna derecha. Visitaba los bares más oscuros y de mala reputación y pedía un jerez, una cerveza, un vodka con jugo de naranja y bebía simultáneamente de todas las copas, sosteniendo en su boca buches de licor para tragarlos después. Solía abrirse la bragueta del pantalón y dejar sus genitales al aire.

Bebía solo. Se ubicaba en un rincón contra la pared, alejado de ventanas y espejos. Esperaba el amanecer y regresaba a casa tambaleando por el camino, ya sin suficiente dinero para pagar el taxi.

Se había convertido en un cliente más del bar de su vecindario. Los tenderos lo veían con recelo; sin embargo, no les daba dolores de cabeza. Por el contrario, siempre dejaba buenas propinas.

–Hay que ser precavido - respondía Marcial a los meseros del bar irlandés cuando le cuestionaban su aislamiento.

La excitación en el ambiente por la fiesta de bienvenida del año nuevo aumenta las angustias de Marcial. Mira a su alrededor y lo que ve no le ayuda a superar el malhumor.

Su habitación es un caos: la cama sin sábanas, con un colchón manchado de café y vino, los zapatos regados por todo el cuarto, las bolsas de ropa limpia y sucia entrelazadas en la puerta de un clóset húmedo que separa el baño con las paredes impregnadas de moho. Al otro lado de la habitación, recostado a la pared, hay un armario de madera con muchas gavetas en donde guarda celosamente una cantidad de fotocopias de documentos, videos, casetes y fotografías. El mueble no alcanza a tapar la pequeña ventana por donde escasamente entran los rayos del sol.

Por las manos de Marcial ha pasado mucho dinero. Así como llegó se fue; no hubo tiempo para guardar un poco, para cobrar comisiones, para comprar una vivienda. En el cuarto alquilado sólo hay un televisor exageradamente grande, si se le compara con el tamaño del lugar, y un escritorio moderno de vidrio transparente con su computadora, reformateada un centenar de veces, con nuevos programas, con nuevas versiones.

Él recordaba cada uno de los documentos que tenía guardados allí, aquellos que le gustaría borrar por el resto de su existencia y otros con los que cifra las esperanzas de poder aniquilar a sus enemigos, aquellos que por ostentar el poder lo habían humillado y acelerado su cita con la muerte.

La decisión de Marcial estaba tomada: abandonaría Nueva York, regresaría a las montañas, buscaría a un amigo que sería su carta de salvación para lograr el traslado de Nueva York a Latinoamérica.

Esos tiempos aguerridos de pistolas y selva agitaban el carácter de Marcial al punto que se la pasaba hablando solo. Sus compañeros del sótano se sabían ya todas sus historias. Las frases más famosas de su discurso eran aquellas en las que hablaba del futuro y de las oportunidades en la vida.

> *Si te acomodas en una posición para aislarte, para no sentir el dolor que te quema por dentro, para separar el cuerpo del resto, sobrevives: así pasamos por la vida.*
>
> *Cuando la vida te da tantas opciones y desconoces el camino que debes seguir es el momento de buscar la respuesta indicada y concentrar las energías en ese proyecto que despierte tu creatividad y lograr el éxito disfrutando del proceso hasta concluirlo.*

Pero cuando surgen los cambios, también surgen las resistencias, las amenazas que han acompañado a Marcial en sus años de supervivencia mirándose en el espejo todas las mañanas y todas las noches. La rutina, sea cual fuere su estado emocional y físico, no cambiaba: baño por la mañana, baño por la noche y una ducha fría entre comidas, cada vez que tiene la oportunidad de hacerlo.

Al cumplir sus 41 años, Marcial descubre que no es una máquina procesadora de alimentos, que vive con dudas, sentimientos y alegrías. Esa imagen de hombre contento en fiestas elegantes era sólo una máscara. Sus pocos amigos lo invitan a una fiesta sorpresa en donde proyectan una película como testimonio de su vida, que inicia con la primera foto a los seis meses de edad, el niño Marcial sentando en un auto de la época. Imágenes en blanco y negro, algunas más nítidas que otras, reflejan la riqueza del ambiente y la ausencia de la familia.

En la película se ve a Marcial haciendo la primera comunión en la Catedral Primada, con ropa diseñada especialmente para él por un modisto de origen italiano. Las imágenes del pequeño no eran más que una réplica de las fotografías de la nobleza, donde los niños lucen pantalones cortos bombachos, camisas almidonadas de algodón blanco, medias hasta las rodillas, zapatos de lazo y cabellos engominados.

Las facetas en la vida de Marcial pasaron tan rápidamente como las imágenes de la película que no reflejaba sus luchas en la selva ni el cambio de vida cuando le encerraron en un internado para que estudiara, aprendiera varios idiomas y luego fuera a la universidad y se graduara de abogado.

Las imágenes de la película muestran a Marcial en la casa de una familia boliviana que vivía en Manhattan. En aquellos años, operaban en el vecindario las panaderías de los italianos, las ventas de frutas de los irlandeses y griegos y las casas en donde alquilaban cuartos a los marineros españoles, portugueses e ingleses que llegaban al puerto de Nueva York. En ese mismo enclave se crió Marcial. Llegó a Idlewild, el aeropuerto internacional de Nueva York, portando un sobre en la mano que le acreditaba la residencia permanente en los Estados Unidos.

A finales de 1950, los edificios del bajo Manhattan tenían un aspecto muy pobre, las fachadas de los edificios lucían descuidadas con las paredes a medio pintar y en las calles pululaban los vendedores con sus carretas de alimentos y productos de limpieza. Barrios de obreros y calles de adoquín le dieron la bienvenida a Marcial, que dejó atrás una escuela aristocrática, rodeada de casas perfectamente cuidadas y pintadas, con terrazas y mosaicos multicolores.

El exclusivo colegio privado francés pasó a ser la escuela pública de Chelsea. Sus condiscípulos hablaban, caminaban, jugaban y se vestían de una manera diferente y las cremas y los jugos de fruta fresca que tomaba cada mañana ahora venían en botella o en cajas de cartón y las frutas no se maduraban al sol sino en las bodegas de las fábricas procesadoras de alimentos en Brooklyn y Nueva Jersey.

El cambio de ambiente fue drástico. Además, tenía que compartir su habitación con cuatro primos y unos tíos hasta ahora desconocidos. Sólo le eran familiares los nombres. Una vez instalado en Chelsea, vio que las mañanas eran muy frías debido a la nieve y se dio cuenta que los días de invierno eran cortos y oscuros. Nada se parecía al internado, a su alcoba con sábanas bordadas y sus camisas de algodón blanco secadas al sol, perfectamente almidonadas y planchadas para la misa del domingo.

Los amigos también cambiaron. Ahora había griegos, vascos, irlandeses, judíos y puertorriqueños. Algunos eran más difíciles que otros. Sin embargo, la afinidad entre Marcial y Martín, su nuevo amigo, era perfecta. Compartían consejos para defenderse de los agitadores del barrio y para conocer un poco más de la vida. Esa misma afinidad los llevó a querer cambiar el mundo. Años más tarde, la salud de Marcial comenzó a deteriorarse rápidamente y su amigo terminó en la cárcel.

Marcial logró convertirse en notario. Oficiaba bodas entre sus amistades. Una tarde de domingo sintió que la corbata le apretaba más que nunca, el cuello lo tenía hinchado debido a la rabia, estaba molesto consigo mismo, le parecía ridículo cobrar dinero por oficiar la boda de José, un infante de marina que acababa de regresar de la guerra que había tomado la decisión de casarse con Juliana, su compañera de estudios, a quien había conocido desde los doce años de edad. José ya no tenía más dinero, ya que sus ahorros los había invertido en el anillo de compromiso, en el viaje desde Carolina del Norte hasta Nueva York y en la invitación a sus antiguos condiscípulos a comer pollo asado en Hempstead (Long Island).

Marcial sentía que la chaqueta invernal le pesaba, quería vestir nuevamente camisas de hilo blanco, de colores naturales, con los colores de la tierra que por muchos años vistió en las peregrinaciones a los Alpes, en los paseos del colegio y luego en Bolivia. Allá, en los picos de las montañas, en donde el sol brilla más, comía de la mano de los indígenas. Hombro a hombro construían escuelas, dispensarios médicos y al final de la jornada disfrutaba de un plato de habas con maíz desgranado y papas. Veía a José como uno de ellos, como un indígena, pobre, abandonado por el monstruo que lo envió a disparar su fusil, humilde y enamorado profundamente de su Juliana, besándose en la fiesta de año nuevo, mientras caían confetis multicolores de los edificios de Times Square.

# El Florentino que vino de Italia

Un disparo en la cabeza acabó con la vida del florentino que había escapado de Italia para refugiarse en América. El tiro a quemarropa, los gritos de sus cinco hijas, el llanto de la viuda y la oscuridad de la noche se tragaron al asesino y doscientos años más tarde aún persiguen a uno de sus bisnietos: Marco Aurelio.

En ese período de más de doscientos años que es el presente de hoy, luego de miles de lunas y del manto de complicidad que se tejió por el asesinato del bisabuelo, las preguntas quedaron sin respuesta en el vacío que no alcanza a descifrar lo que sucedió cuando un desconocido tocó a la puerta y, al ver que su víctima cruzaba el umbral principal de la casa, le disparó. Una sola bala fue suficiente para sembrar la desgracia.

Desde entonces la familia de Marco Aurelio no responde al llamado de la puerta de la casa sin antes percatarse de quién está al otro lado de la puerta y si trae un mensaje de buena voluntad. Cuatro generaciones de florentinos y aún no se pierde la zozobra que les asalta el corazón cuando escuchan el llamado a la puerta. Por esa razón Marco Aurelio no sale ni saldrá a mirar quién toca a su puerta. Marco Aurelio acepta que el fantasma del pasado le persigue.

-Creo que un día alguien tocará para pedirme cuentas, y no es que le deba nada, sólo que me angustia pensar en el desconocido. Me quedo en casa, me desconecto del mundo y así me aseguro de que no se repetirá conmigo la historia de mi bisabuelo.

Fue muy difícil para una viuda con cinco hijas abrirse paso en la vida. Por la noche mataron al marido. Horas más tarde lo enterraron y, al día siguiente, muy temprano por la mañana, se marcharon del pueblo. La niebla fue su único testigo, el caparazón para las miradas castigadoras, para los indiferentes que les dieron la espalda temerosos de ser los próximos visitantes de la morgue.

El asesino rondaba por el pueblo y nunca lo descubrieron. Ni siquiera había testigos, sólo el cadáver del bisabuelo de Lorenzo, que yacía en un lote del cementerio para extranjeros, era la prueba.

Las cinco niñas crecieron, se casaron y una de

ellas, "la mamita", dio a luz al padre de Marco Aurelio. La más pequeñita, aquella que se quedaba en casa cuando su madre salía con sus hermanitas a cuidar enfermos y a lavar ropa a domicilio, se convirtió en una cocinera profesional y, con el paso del tiempo, abrió su propio restaurante.

Cuando los primeros rayos de sol iluminaban la campiña, "la mamita", con sus escasos seis años, cuerpo frágil y cabellos del color de la miel, preparaba la ropa, el desayuno y cocinaba el almuerzo de su madre y hermanas: envolvía las viandas en hojas de plátano o maíz y las colocaba en una bolsa de tela desteñida. Todos los sábados, cuando "la mamita" lavaba la bolsa, se iba borrando más y más la oportunidad de salir del infierno en que vivía, alejada de sus amigos y escondida de un enemigo agazapado en las sombras de la noche.

Las cinco hermanas fueron creciendo y eran de una belleza inigualable: altas, delgadas, de cabellos castaños y ojos verdes. Entre ellas hablaban en una lengua extraña para los residentes del pueblo y, cuando compartían en la plaza con los otros jóvenes, caminaban juntas y trataban de hablar el idioma de los locales. Aunque lo hacían perfectamente, arrastraban el acento. Nunca visitaron Italia y nunca salieron de la región: pasaron todas sus vidas ocultándose del asesino de su padre.

Con el trascurrir de los años, creció la leyenda. El asesino del florentino fue un paisano que cruzó el Atlántico con la misión de matar. Fue y venció. Llegó, mató, regresó a Florencia y cobró con monedas de oro el encargo. Las habladurías del pueblo formaron un cuento muy bien escrito, una historia salpicada por el honor, la familia y la ambición por el poder. La verdad quedó enterrada en el olvido.

Los sucesos del pasado fueron acrecentando la historia y los cuentos en el seno de la familia. Marco Aurelio creció en medio de la leyenda y la tragedia, de los temores y de las pocas satisfacciones que había logrado al cumplir sus cuarenta años de edad, especialmente después de pasar días enteros revisando las listas de pasajeros de las bitácoras de los barcos que arribaban a la América procedentes de Florencia en la época en que fue asesinado su bisabuelo.

"La mamita", su abuela, le sonrió. Ya era un hombre alto, delgado y de ojos claros como ella. Lo vio caminando por la plaza adyacente a la iglesia del pueblo, con caminos de piedra blanca traída del río por los asistentes del gobernador de la comarca, quien había prometido al obispo reparar el templo y sus alrededores a cambio del perdón divino por el incesto con su hija adolescente.

"La mamita" sabía lo que quería. Del intercambio de sonrisas y miradas surgió el romance. La fecha de la boda se fijó para la próxima primavera, pero ella lo rechazó de inmediato. En primavera habían asesinado a su padre. En aquella época había caminado por las noches escapando de su pueblo, escondiéndose del enemigo oculto.

Prefirió el verano. La boda fue casi en secreto. Las cinco hermanas temían que el asesino de su padre regresara el día en que la felicidad tocaba a sus puertas.

Muy profundo en los ancestros de Marco Aurelio el miedo a la tragedia aísla a su familia. Les convirtió en huraños y autosuficientes. Aún en épocas de luto, cuando el ser necesita del abrazo y del apoyo de los amigos, Marco Aurelio rechaza las muestras de solidaridad.

Dos siglos atrás las cinco hermanas se aseguraban de que las cortinas de la casa permanecieran siempre cerradas. Las puertas eran resguardas cuando el sueño se apoderaba de la familia y estaba prohibido tener amigos. Ni siquiera en el colegio les estaba permitido hablar con las otras niñas. Las cinco hermanas se aprovechaban de su dominio de un segundo idioma para aislarse y cerrar el círculo.

Marco Aurelio nunca lloró a su bisabuelo, pero si creció paladeando el sabor de la venganza. Si sólo tuviera una luz, si por un mágico poder pudiera encontrar las respuestas que la policía nunca encontró, perseguiría al último descendiente del florentino que sembró el miedo en su abuela, en la niña que cocinaba para sus hermanas y su madre.

Una tarde de febrero, "la mamita" dio a luz un varón alto como su padre, de ojos claros y piel morena. Ese día había nacido el padre de Marco Aurelio, un personaje que dedicó su vida a trabajar en las fábricas de bebidas y jabones de su ciudad, pero también un enamorado que caía rendido ante las caderas de las jóvenes de las fábricas a las que visitaba en calidad de organizador de los sindicatos de la región.

El nieto del florentino asesinado se convirtió en líder sindical. Así empezó su carrera de intimidación a los patronos que visitaba en las horas más críticas de la producción. Con el padre de Marco Aurelio nació otra leyenda: la del hombre calculador en busca de una hembra rica, heredera de una gran fortuna, que le diera el salvoconducto a las grandes reuniones de los ejecutivos vestidos con impecables camisas blancas de cuello almidonado que despedían sin un trazo de compasión a los empleados más antiguos, así fuera una semana antes de la Navidad.

Esa furia que se retorcía en el padre de Marco Aurelio, que fue creciendo en las negociaciones con los patrones de la región, no le sirvió para cazar a la hembra rica que le diera la entrada a las reuniones gerenciales. Las visitas a los talleres de producción le sirvieron para conocer a muchas empleadas, quienes temerosas de perder sus trabajos se alzaban la falda más de la cuenta para caerle bien a los patrones.

Una tras otra, las fábricas fueron cerrando. Los sindicatos se fueron extinguiendo y aquellos dirigentes con conexiones empezaron a explorar el mundo de los negocios. De dirigentes sindicales pasaron a ser patrones. El padre de Marco Aurelio se dedicó al servicio de transporte público. Se compró un autobús y un camión de carga, con la carrocería magullada por los baches de las carreteras plagadas de asaltantes de caminos que sembraban el terror y despertaban las sombras del pasado. El infame asesinato de su antepasado regresó a su vida.

El sentimiento de vulnerabilidad se despertó en el sindicalista, ahora empresario del transporte, quien ya era padre de dos pequeñitos. Una mañana de diciembre, el sindicalista llevaba en sus brazos a Marco Aurelio y a su hermana mayor. Un ayudante le seguía con una caja de cartón repleta de ropa. Entregó las criaturas a su madre y abandonó el hogar sin decir nada.

Visitó a sus hijos todos los días, hasta la mañana que Marco Aurelio empezó a preguntarle por qué vivía con su abuela, "con la mamita". ¿Que había pasado con su mamá? ¿A dónde se había ido?

La vida florecía y "la mamita", ahora con dos nietos para criar, estaba dichosa. Marco Aurelio era un bebé tierno. Ya a los cuatro meses reconocía su voz, sonreía cuando la escuchaba y le abría los brazos para refugiarse en su pecho. La niña era arisca. Cuando creció se fue a estudiar al extranjero, se casó con un enfermero y nunca más volvió a comunicarse con sus familiares. Dicen que murió atropellada por un tren un día de verano cuando pintaba ilegalmente grafitis en un puente.

Aunque "la mamita" acostumbrada a vivir bajo la amenaza de la tragedia recordaba que a los diez meses de casada, en el mes de febrero, había dado a luz al padre de Marco Aurelio. Ahora, ya una anciana, debía recuperar las fuerzas que exigía volver a ser la mamá de su nieto.

Al dar a luz, "la mamita" no siguió los consejos de la partera que le había recomendado guardar cama por cuarenta días, llevar una dieta de sopa de pichón de paloma y vestir una faja. Regresó a trabajar a los diez días del parto. Llegó al restaurante y se dirigió inmediatamente a la cocina, revisando cada rincón de la despensa, las estufas, la nevera y pidió que cambiaran el menú. Llamó al amolador de cuchillos y le reclamó la falta de mantenimiento. Si "la mamita" discutía con el hombre de los cuchillos, estaba claro para los trabajadores y la clientela que la patrona había regresado a su negocio ubicado en medio de la plaza, en el sector más tradicional de la ciudad. Se volvería a vender la palanqueta, el pan que aprendió a hornear con la receta milenaria de los bosques de Italia.

Si no hubiera sido por la bala que destrozó la cabeza de su padre y, por tanto, a su familia, la niña menor hubiera crecido cerca del mar, sin pasar las agonías de ser huérfana junto a otras cuatro niñas y una madre abnegada que murió cansada de llevar a cuestas el hogar y el luto eterno por el único hombre que amó.

Las sombras de la habitación de Marco Aurelio son las mismas de la madrugada cuando su bisabuela y abuela abandonaron el pueblo para llorar al muerto en otro lugar. Cuando esto sucedió el ser humano aún no había puesto sus pies sobre la luna, ni habían sucedido las dos guerras mundiales. Todo es distinto ahora. Luces florecientes, centros espaciales con conexiones interplanetarias y computadoras y esa televisión que permanece encendida continuamente en la habitación de Marco Aurelio.

Las diferencias generacionales eran evidentes. Marco Aurelio ahora cumpliría 25 años y su abuela, "la mamita", había muerto en la región de donde nunca salió. Ella sólo conocía la iglesia, la plaza, el malecón y la zona histórica de su ciudad. Evitó viajar, salir de su zona de confianza y fue sepultada, al igual que su padre, en el cementerio para extranjeros.

El día que "la mamita" falleció, Marco Aurelio presentía que recibiría una mala noticia. No había motivos para su melancolía, pues estaba joven, lleno de vida, con un trabajo y viviendo en la gran ciudad donde se había refugiado.

"Es un frío extraño", pensó Marco Aurelio durante todo el día. "Mi mamita se irá." Sólo hasta el día siguiente recibió la noticia. Una de sus primas lo había llamado insistentemente pero no lo encontró. Finalmente, cuando entró a su casa, después de un turno de quince horas de conducir un camión de mudanzas, respondió el teléfono. Reconoció la voz de su prima hermana que le confirmaba su presentimiento y supo que se había quedado solo en la vida.

No podía llorar y no quería hacerlo. Recorrió sus once años de vida junto a su abuela paterna, que aprendió desde muy niña que las deudas de familia se cobran con sangre, con mucho dolor e inagotable tristeza. Es el mismo sentimiento que acompaña en su luto a Marco Aurelio. Conmovido por no tener con quién hablar de sus miedos e ilusiones, decidió dormir durante una semana. Se encerró en su casa y desconectó el teléfono: no quería ser interrumpido en su duelo, no quería escuchar pésames que consideraba falsos. Se acostó y se arropó con la colcha de retazos que le había cocido a mano su abuela y que conservaba como su más preciado tesoro. Quería quedarse en casa y pensar en su vida, en sus recuerdos. Infructuosamente trató de revivir el conmovedor encuentro con "la mamita" cuando apenas tenía meses de nacido.

No recordó cómo lucía su abuela; era imposible saberlo pues era un bebecito que había sido separado de su mamá. Nunca cuestionó las razones del porqué su madre lo había entregado a su padre. Decidió dejarle los hijos a su marido y marcharse a vivir en otro país con un nuevo amor que la acompañaría hasta su último suspiro.

El día en que empezó la semana del luto por su abuelita, Marco Aurelio se acostó en su cama, que siempre había mantenido pegada a la pared al lado de la ventana. Creía que había que despertarse con los rayos del sol, que la cama mirara al oriente, que la mágica luz del amanecer tocara sus piernas delgadas y sus pies planos. Hoy no sentía el sol. Hoy enterraban a su abuela a miles de kilómetros de distancia, al otro lado del océano. Su bata de baño estaba húmeda; sin embargo,

Marco Aurelio se envolvió con ella y se acostó en la cama desordenada.

Muy pocas veces al año hacía la cama. Siempre se levantaba y salía de la habitación, sin preocuparse nunca por sacudirla, por estirar las sábanas ni arreglar las almohadas. Nada de eso. Pensaba que tenía cosas mucho más importantes que hacer: había que ver televisión, comer, hablar por teléfono y salir a trabajar después del mediodía. Y mucho mejor si era el turno nocturno.

Arrinconado en su cama, Marco Aurelio se transportó a la ciudad de sus recuerdos, se imaginó el cadáver de su abuela envuelto en sábanas blancas, en un ataúd de madera pulida y sin flores. Marco Aurelio recorrió imaginariamente los salones de la funeraria y observó cómo sus primos y tíos susurraban la pena y también la inquietud por la herencia. Su prima favorita estaba más bonita que nunca, vestida de negro y blanco; sentada en un sillón aterciopelado, se veía más madura; tenía los rasgos de su abuela: era alta, delgada, de cabellos castaños y ojos claros. Permanecía callada; anticipaba el porvenir. Marco Aurelio era el heredero universal de "la mamita". Esto era un secreto a voces; sin embargo, nunca se benefició de las propiedades ni de los campos de cultivo, ni del restaurante ni de los autos ni de las joyas ni del dinero en el banco.

Como con la muerte de su bisabuelo, la herencia de "la mamita" quedó oculta, esta vez entre los salones de las casas de sus tías en los alrededores del Parque Centenario. Marco Aurelio miró a su prima y le vio los ojos llorosos. La acarició y se sentó junto a ella. Su espíritu estaba allí: había logrado proyectarse a otra dimensión. Nadie se percató de su presencia, nadie le vio. Estaba físicamente en su cama de Brooklyn, envuelto en su bata de baño húmeda, pero su espíritu rodeaba el ataúd de su abuela. Olía el aroma de las azucenas del jardín y el de las velas de canela que acompañaron a "la mamita" en sus labores durante toda su vida.

# El embrujo de Broadway

El edificio se levanta majestuosamente con sus ventanales de moldes de aluminio, puertas de metal y vidrios oscuros ante los ojos de Mosconas. Con sus escasos catorce años empezó a repartir café en veinte pisos del rascacielos que años más tarde sería suyo. Lo compró con los ahorros de toda una vida y la buena voluntad de una viuda, que le amparó desde que le conoció en Manhattan.

Mosconas emigró desde su país a la edad de catorce años rumbo a Nueva York y durante varios decenios estudió, trabajó dos turnos y, además, los domingos iba a una cafetería en el barrio de Astoria, en donde escribía y leía cartas a compatriotas que también le pagaban cincuenta centavos de dólar por cada página que redactaba.

Mosconas llegó a Nueva York en abril de 1964 procedente de Grecia. Conocía el oficio de panadero que había aprendido en la panadería de un tío abuelo, así como el de zapatero, que aprendió por tradición familiar, compuesta de expertos en el diseño de zapatos de cuero para caballeros.

-En la época de mis abuelos, las mujeres no eran buenas clientas. No es como ahora, que tienen los escaparates llenos de zapatos de todos los colores y estilos. Antes, los padres y los esposos prohibían a las jóvenes hablarles a los zapateros. Tampoco se podían medir los zapatos a la vista de los hombres. Para evitar problemas, mis abuelos y mi padre se especializaron en la línea masculina - dice Mosconas.

Intentó trabajar como asistente de panadero y como ayudante de zapatero sin suerte alguna. La única oportunidad laboral que se abrió ante sus frustrados deseos laborales fue la de repartidor de café en un edificio de oficinas en el centro de Nueva York. Mosconas consiguió el empleo mediante la recomendación de una tía radicada en Jamaica (Queens) quien conocía a varios griegos propietarios de restaurantes en Nueva York. La tía trabajó por muchos años en un ancianato gerenciado por la iglesia griega ortodoxa que empleaba sólo a mujeres para atender al gran número de ancianos que habían decidido quedarse en los Estados Unidos.

Con la recomendación de la tía y una carta de su padre, Mosconas fue contratado. El trabajo comenzaba a las cinco de la mañana todos los días, de lunes a viernes, y terminaba justo después del turno del almuerzo a las dos de la tarde.

-Empecé un martes después de un lunes festivo. Sería una semana de cuatro días hábiles. Estaba dispuesto a aprender el nombre de todas las secretarias de todas y cada una de las oficinas, porque eran ellas las que llamaban a la cafetería en el primer piso para pedir los desayunos y almuerzos de sus jefes o para las reuniones especiales.

En el primer día de trabajo, Mosconas se dio cuenta que los ascensores del edificio eran muy lentos; además, las secretarias y ejecutivos habían enviado una carta a la administración del edificio solicitando mayor control con los mensajeros y repartidores de comida del restaurante.

–Una secretaria sufrió una quemadura en una pierna con una jarra de café caliente que se cayó y se derramó en el ascensor. Otro incidente fue con el gerente de una aseguradora que colocó su maleta sobre una caja llena de sopas y comidas. Éramos muy mal vistos.

–Tu área de trabajo es de veinte pisos, del 15 al 35. Y sabes que tienes mucha suerte pues allí trabajan las secretarias más bonitas de todo el edificio - le dijo Costas, su jefe. No te preocupes mucho por el inglés. Saluda y un *good morning* bien risueño te abrirá muchas puertas. Ya verás.

Costas vivía en Nueva York desde hacía quince años. Llegó a trabajar con el tío, dueño del restaurante, y aprendió desde un principio el oficio: evitar gastos innecesarios y sonreírle a toda la clientela.

A pesar de las recomendaciones del sobrino del patrón, Mosconas estaba un poco preocupado pues hablaba muy poco inglés. Le habían dicho que lo más importante era tener un buen estado físico para subir y bajar las escaleras rápidamente. El segundo requisito era saber aritmética para dar el cambio a los clientes sin tener que utilizar los dedos para contar. Ésa fue la combinación que le abrió las puertas a Mosconas en uno de los edificios de la Avenida Broadway en el sector de Times Square.

A los pocos meses de haber empezado a trabajar, Mosconas no sólo repartía café en una carretilla especial, acondicionada con la cafetera a la que le llamaban "la greca", un área para los pocillos, el azúcar, la leche y las servilletas, sino que también se había ganado la confianza de las secretarias que le entregaban directamente los pedidos de los almuerzos desde muy temprano en la mañana.

Lentamente fue aumentando la lista de pedidos: almuerzos ejecutivos, reuniones de negocios, fiestas de cumpleaños, jubilaciones, promociones y los extras para la cena para llevarse a casa. Esto empezó a ser muy bien visto por Costas y su tío. Los ahorros de Mosconas crecieron al ritmo que crecían los nuevos pedidos. Siete años más tarde, justo al cumplir la mayoría de edad, Mosconas creyó estar listo para casarse. Había ahorrado lo suficiente para la hipoteca de una casa, comprar muebles, un automóvil y para lo imprescindible en toda boda: la novia, la futura madre de sus hijos.

-En los años setenta podías comprar una casa en un vecindario en Long Island (Nueva York) por menos de veinticinco mil dólares y un auto por cinco mil dólares. No es como ahora que todos los precios son inalcanzables y las familias se pasan los mejores años de sus vidas trabajando para cumplir con la hipoteca, la cuota del auto, los seguros y la ropa de los niños. Es cierto que los salarios no eran lo mismo de lo que son ahora, pero el dinero alcanzaba más. Especialmente si ahorrabas y no comprabas tantas tonterías - dice Mosconas.

El hombre, ensimismado en sus sueños y pensamientos, seguía trabajando en el mismo lugar, ganaba mucho más dinero, continuaba en el mismo puesto, tomando pedidos, entregándolos personalmente, cobrando el dinero y, lo más importante, recolectando las propinas que fueron aumentando maravillosamente.

Una tarde de verano se dañó el ascensor del edificio que se había convertido en el fortín de Mosconas y por las escaleras empezaron a subir y bajar secretarias, ejecutivos, mensajeros y carteros. Para los repartidores de comida no fue problema alguno y mucho menos para Mosconas. Por el contrario, tenían compañía. ¡Y qué compañía!

Subiendo las escaleras, por cortesía y por picardía, los mensajeros permitían que las secretarias y empleadas jóvenes del edificio subieran primero las escaleras.

-Era la época de la "cintura de avispa": las mujeres caderonas, con bellas piernas y una cinturita, que daban ganas de apretarlas con un solo brazo; las faldas y las blusas o el vestido tipo talego parecían ser los uniformes de las bellas jóvenes. El complemento más sexy eran las zapatillas de puntilla y tacones delgados. ¡Qué recuerdos, qué delicia recrear esas piernas bien torneadas caminando escalera arriba!

-Buenos días, buenas tardes, hasta mañana - decía Mosconas al ritmo que subía y descendía rápidamente las escaleras. -Los encuentros con las secretarias en las escaleras en esas dos calurosas semanas de verano continúan impregnadas a mi piel - dice Mosconas.

Al finalizar la emergencia en los ascensores, la administración del edificio modificó el reglamento para el uso del personal de alimentos y bebidas, así como para la entrega de correos y mudanzas.

> *A partir del día de hoy, se deberá utilizar el ascensor* número cinco *para las entregas de comidas y correos.*

Aunque Mosconas añora a su familia y condiscípulos, le es imposible regresar a Grecia. Permanece en Long Island, cerca del mar, y legaliza su situación inmigratoria a través de la amnistía otorgada por la administración Reagan; en ese momento, con los permisos para viajar, siente que se le abren las puertas al mundo.

–Un pasaje de ida y vuelta a Atenas por tres meses. A partir de mañana, cualquier día es bueno para viajar a ver a mi madre - le dice Mosconas a la secretaria de la agencia de viajes.

En menos de una hora, Mosconas tiene en sus manos el tiquete de la felicidad.

–Viajas en cinco días. El vuelo 025 en el Hércules de Olympic Airways está confirmado - le dice la agente de viajes.

Con la fecha de viaje, Mosconas planifica su próximo paso: la entrevista con su jefe, el propietario del restaurante que le dio trabajo y ayudó a superar las dificultades juveniles de sus primeros años en los Estados Unidos. El hombre, padre de cuatro varones y abuelo de doce niños, se solidarizó enseguida con su empleado favorito.

La despedida fue sencilla.

-Me voy a ver a mi madre y a buscar esposa.

–Ya era hora. Lo necesitas. Te espero.

Los primeros rayos del sol sobre los edificios de la venida Broadway despiertan a la gran ciudad y el trajín cotidiano imprime un extraordinario dinamismo al sector de Times Square, que reposa lentamente de las luces multicolores encendidas durante toda la noche. Al igual que la transformación de la iluminación del sector, cambian los rostros de los mendigos, muchos de ellos con letreros en el pecho anunciando ser veteranos de guerra: buscan conmover con su miseria, sus cabezas gachas y sus vestimentas mugrosas a los turistas y empleados que transitan por el lugar.

En Times Square pululan también las recolectas de dinero con distintos propósitos y los cartelones indican que los beneficiados serían desde los niños pobres del mundo hasta las reservaciones de elefantes africanos a punto de extinción. Mosconas se acostumbró a caminar entre ellos, entre las mesas decoradas con los botellones de agua purificada y las mesas de madera que se abren y se cierran vertiginosamente ante la presencia inesperada de la policía.

En la zona también pululan los vendedores de pasiones y vicios. Mosconas los fue identificando día a día. No les mostraba temor alguno pues consideraba que gozaba de un buen estado físico que le ayudaría a correr y escapar, en caso de que intentaran hacerle daño o de que se presentará alguna trifulca, como casi siempre sucedía entre la multitud que caminaba o se detenía en ronda a ver bailar a los jóvenes, en su gran mayoría de raza negra, que utilizaban las aceras como salas de baile para recaudar fondos.

Billy, un griego propietario de una tienda de aparatos electrónicos que funciona en el edificio en donde trabaja Mosconas, le enseñó la diferencia entre comprar las cámaras fotográficas reconstruidas o remanufacturadas. Billy igualmente le enseñó a Mosconas que también había vida en Nueva York después del trabajo y lo entusiasmó a que le ayudara en un restaurante-bar que funcionaba solamente los fines de semana en un hotel de cinco estrellas en Long Island.

-Celebramos la noche griega. Te vas a divertir muchísimo. Ya lo verás.

Con el dinero suplementario que generaba el nuevo trabajo de fin de semana, Mosconas aumentó sus ahorros considerablemente. Pensaba que era el momento para casarse. Deseaba hacerlo rápido, tener el primer hijo varón a quien bautizaría con el nombre de su padre fallecido hacía muchos años.

El viaje se dio más rápido de lo programado y la ausencia de Mosconas impactó las ventas en el restaurante. Costas empezó a preocuparse y creó un nuevo sistema para que las secretarias hicieran los pedidos de los desayunos y almuerzos. Compró una máquina de fax en el almacén de Billy y ofreció un descuento especial para todos los pedidos que se hicieran antes de las once de la mañana a través del novedoso aparato. Costas quería que se hicieran los pedidos temprano para acelerarlos y darles tiempo a dos jóvenes que había asignado en reemplazo de Mosconas, con el objeto de que hicieran las entregas sin equivocación alguna.

El sistema del fax funcionó. Los pedidos comenzaron a llegar pero el servicio de entregas empezó a ser deficiente: a los nuevos mensajeros les faltaba el encanto de Mosconas; éste había cautivado a las secretarias que pedían su regreso.

Mosconas emprendió su viaje, el primero luego de su partida cuando era un muchacho solito, temeroso del mundo, que no sabía nada de la vida. Había nacido en un pueblo pequeño junto al mar y lo mandaron al extranjero.

La madre lo esperaba en el muelle en donde atracaría el ferry que venía de Atenas. Faltan palabras para describir el conmovedor encuentro entre madre e hijo. Ella iba cerrada de negro, de pies a cabeza. Su figura menuda, con una esplendorosa sonrisa en el rostro, celebraba el regreso de su hijo.

Mosconas disfrutaba de cada minuto. Con la calidez de las manos de su madre posadas sobre sus piernas, Mosconas observaba minuciosamente los detalles de las casas vecinas, de la amplia avenida que habían construido luego de eliminar los jardines de las casas más grandes levantadas a ambos flancos de la carretera. El regreso al hogar lo tranquilizó y un extraño regocijo despertó una explosión de felicidad incontenible. Mosconas corría por los campos florecidos. Tocaba los árboles y hundía su cabeza entre los viñedos: el aroma de las uvas maduras le devolvía los años alejado de sus tierras.

Mosconas olvidó a Nueva York en un instante. No había punto de comparación. La edificación más alta en su isla era de dos pisos; el horizonte y el mar en su infinito regocijaban al viajero. Disfrutaba de su casa. Las puertas y ventanas, pintadas de blanco, estaban abiertas de par en par a la espera de Mosconas y hasta los gatos del vecindario se acercaban a la terraza, curiosos por conocer al visitante.

El aire fresco de verano le daba la bienvenida a Mosconas, que muy temprano salía de su casa para recorrer los senderos empedrados. En una de esas mañanas de reconocimiento del pueblo fue hasta la casa blanca de portones y ventanas azules ubicada al borde de la pequeña colina. Se asomó por las rejas del portón y vio las ropas colgadas secándose al sol. Junto a la batea, varias camisas blancas, toallas y sábanas ondeaban en los alambres. Entre los arbustos de las cayenas de flores rojas podados con gran esmero se escondía una joven que a hurtadillas miraba y trataba de reconocer al visitante.

Mosconas regresó a su casa sin percatarse de la presencia de la joven entre los arbustos de las cayenas. Caminaba lentamente, saludaba a jóvenes, niños y mujeres de cabellos canos sentados en balcones y placitas que bordeaban la carretera principal.

En la puerta de entrada a su casa lo esperaba su madre. Mosconas trató de entrar subrepticiamente por el portón trasero pero hasta allá fue la mujer. Lo recibió muy seria: una gran preocupación se advertía en su rostro.

–No vuelvas allá. Algo terrible sucedió en esos campos. Están ensangrentados. El tío mató a la sobrina de siete años de un tiro al corazón .

–¿Y está libre? Lo vi esta mañana cuando me

encaminaba hacia el ojo de agua.

-Dicen que fue un accidente, pero destruyó a toda la familia. No puedes ir allá. Ni pienses que te aceptaré un parentesco con esa familia. Nadie los quiere. Deberían mudarse muy lejos. Aunque las más jóvenes se fueron ya, aún queda María.

Sin más explicaciones, Mosconas entró a la casa, almorzó y se olvidó de María, eliminándola de la lista que había tejido en su mente cuando repartía café en Nueva York. María siempre le había gustado. Habían ido juntos a la escuela primaria y la veía toda bien arregladita, estudiosa y bella.

Mosconas tenía otros nombres en su lista y se dispuso, primero, a rondar las casas;, después las visitaría. Podrían ser buenas esposas y tendrían la bendición de su familia. La primera semana transcurrió velozmente. Mosconas se dedicó a contar las historias de Nueva York. A diferencia de algunos paisanos, Mosconas hablaba sobre las dificultades de ser inmigrante, de lo que representaba desconocer el idioma y empezar a trabajar sin experiencia alguna.

–Reparto café. Aprendí inglés rápidamente. Aguanté mucho frío. Vivir solo, sin amigos ni familiares en un cuarto alquilado, es bastante triste.

Mosconas les contó que se había ganado la confianza de una viuda que al principio no quería alquilarle la habitación, pero que luego aceptó y desde entonces se había creado una relación familiar muy estrecha. El joven se había ofrecido a cortar la grama, limpiar la nieve, traer la compra del supermercado y así, poco a poco, empezó a llamar tía a la viuda. Las historias de Mosconas eran reales. Algunos le escuchaban atentamente y las mujeres con hijas casaderas empezaron a invitarlo a tomar café en sus casas, siempre con la previa autorización de la madre de Mosconas, conocida en los alrededores por ser sumamente celosa con los intereses de su familia y en particular con su único hijo varón.

Un día, de regreso de la plaza principal, Mosconas se encontró con un grupo de turistas que buscaban con afán el camino correcto al Museo Arqueológico.

-Hasta allá los acompaño y de paso los invito a tomar café en mi casa.

La madre de Mosconas preparó la mesa para esperar al grupo de turistas. Sirvió galletas de almendras y de miel y café fresco recién molido. Sobre la mesa de madera resaltaban las bandejas de acero con frutas frescas y las servilletas de hilo bordadas con encajes dorados.

Los turistas regresaron en varias ocasiones a la casa de Mosconas. Entre ellos había una adolescente de trece años que aún jugaba con las mariposas y corría entre los jardines, de flor en flor, persiguiendo a abejas y luciérnagas.

–Si tuviera diecisiete años me casaría con ella - le dijo Mosconas a su madre, quien prefería casar a su hijo con una joven del pueblo, emparentarse con familias conocidas y, además, de que hablara su mismo idioma.

Una tarde, después del baño de mar, Mosconas decidió que era hora de buscar a la segunda candidata para casarse y regresar con esposa a Nueva York.

Los campos sembrados se divisaban a lo lejos y una carretera destapada, que más bien parecía una serpentina por las curvas y pequeños puentes, conectaba los terrenos de las familias más acaudaladas. Mosconas pertenecía a ese grupo; a pesar de no tener liquidez económica, su familia poseía varios terrenos con ojos de agua, lo que facilitaba los riegos y la recogida de las cosechas. Mosconas, sin embargo, fue enviado a Nueva York por sus hermanas mayores, para que escapara de la sobreprotección de la falda maternal.

En el camino, Mosconas encontró a un grupo de jóvenes sentadas en bancos de madera en una placita cobijada por un frondoso almendro. Conversaban muy animadamente sobre la ida a la playa en la mañana y de los planes para la cena en el malecón frente a la bahía. Mosconas las escuchó y las invitó a pasear y a comer a la orilla del mar. Eran cinco jóvenes bonitas y casaderas. Una de ellas, rubia, delgada, con ojos del color de la miel, hija de un religioso acaudalado, quien se regía por las más estrictas normas ortodoxas, lo cautivo.

La joven vivía en Atenas con sus padres y un hermano. Allí tenían grandes propiedades y de inmediato quedó prendada de Mosconas a quien le habían empezado a apodar en el pueblo "el neoyorquino".

Sin embargo, no hubo boda.

Entonces Mosconasvisitó muchas otras familias. Conoció a otras jóvenes, aunque el recuerdo de la hija del religioso lo perseguía. Ella se había despedido no sin antes asegurarse de obtener la dirección postal de Mosconas en Nueva York.

Seis meses después de conocerse, cuando el joven ya había regresado a los Estados Unidos y reiniciado sus labores, Mosconas recibió una carta pidiéndole que regrese el próximo verano, si aún le interesaba iniciar una relación con fines matrimoniales.

Las alternativas eran pocas. Frustrado de no encontrar esposa en su primer viaje, Mosconas decidió trabajar mucho más y empezar a invertir su dinero. Le pidió consejo a la viuda, quien tenía muchísimas propiedades en Long Island y Manhattan. Ése fue su trampolín al éxito financiero.

Conocía a un amplio grupo de pensionados de la primera generación de griegos en Nueva York que se habían quedado en América luego de acumular grandes fortunas. Las condiciones en su país de origen no eran las ideales para quienes habían salido huyendo de las atrocidades de la guerra, de la invasión alemana y de las matanzas de italianos y judíos.

Mucho dinero se había quedado en Nueva York, la gran mayoría invertido en edificaciones estratégicamente ubicadas en las grandes avenidas de Manhattan. Mosconas contó con el apoyo de la viuda, de Costas, el propietario del restaurante, y de Billy. Primero compró un edificio de cuatro pisos en la Calle 90; luego, otro en Broadway y la Calle 76.

En un período de diez años, Mosconas acumuló una fortuna en bienes raíces. Conquistó a la hija del religioso ortodoxo, bautizó a su hijo con el nombre de su padre y poco a poco fue comprando y vendiendo propiedades bajo el embrujo de Times Square, el punto de mayor valor urbanístico de Nueva York.

Finalmente, Mosconas logró su sueño de adquirir la torre de oficinas en Broadway, la misma donde había repartido café y comidas para los ejecutivos y secretarias abnegadas, esclavizadas por el endemoniado horario de nueve de la mañana a cinco de la tarde.

# La dulce sonrisa de Valeria

Un ambiente de fiesta inunda la mañana de Navidad cuando los niños se despiertan sonrientes tras la llegada de Papá Noel, cargado de regalos y dulces, y los padres se regocijan por la alegría de sus hijos, aun cuando estén ya crecidos y ya no esperen al regordete de barbas y cabellos blancos.

Sin diferencia de clases, edades ni religiones, los neoyorquinos esperan una Navidad blanca pues la consideran un buen augurio para recibir el nuevo año, pleno de alegrías y buenos presagios. Nueva York también se engalana y sus días de fiesta están sembrados de ilusiones, aguinaldos, arreglos urbanos gigantescos en las avenidas, en las puertas y especialmente en las vitrinas de los grandes almacenes.

Luces multicolores, arbolitos decorados, flores y guirnaldas son parte de los recuerdos de Manny, un hombre de padres dominicanos nacido y criado en Loisaida (Lower East Side, Nueva York). Se siente tan dominicano como el merengue, pero la alegría del ritmo musical sólo le sirve para ahogar su inconsolable llanto en el otoño de su vida.

Manny, como si fuera un niñito esperando abrir sus aguinaldos, se levantó muy temprano, pues desde hace varios días le ha sido imposible conciliar el sueño. Tomó el café negro recién *cola'o,* sin azúcar ni endulzantes, y se quedó parado frente a la ventana de la cocina, mirando hacia el gallinero, que no era más que una casa de madera pequeñita con techo de tejas de barro y plástico y una puerta doble de metal, ubicada al fondo del patio, rodeada por pequeñas casas del vecindario de clase media en Queens (Nueva York).

Manny tiene una maravillosa vista del patio de su casa y de las calles adyacentes en donde hay una fila interminable de autos aparcados cubiertos de nieve.

Pinos siempre verdes, otros árboles secos por el invierno pero brillantes por los copos de nieve acumulados entre sus ramas, enmarcan el pequeño patio en donde ya no se escuchan los gritos de los nietos jugando en verano ni a los vecinos irlandeses invitándolo al asado tradicional de otoño.

Aunque es Navidad, no hay indicios de la celebración en la puerta de la casa de Manny. La decoración de años anteriores, con luces intermitentes, guirnaldas de metal, arbolito plástico decorado con Papá Noel, esferas de cristal y venados de plástico pastando en el jardín, permanecía en el ático.

Manny sólo se animó a preparar una improvisada cena de Navidad: pasteles de cerdo y pollo; arroz con gandules; pastelón de carne; yuca con mojo; ensalada de coditos; té; guarapo frío; y postre de gelatina con frutas artificiales, servido muy elegantemente con una cucharadita rebosante de leche condensada, constituían el banquete que adornaba la mesa donde la familia y muy pocos invitados se reunirá para celebrar la Navidad.

Manny había perdido a su hija en el otoño. Su esposa, que es diabética, se recupera de una reciente operación de trasplante de cadera. Se está quedando ciega y su hijo está a un paso de terminar en la cárcel.

Los infortunios de los últimos años no logran quebrantar el buen humor de Manny, veterano de la guerra de Corea, pensionado por el Departamento de Aseo de la Ciudad de Nueva York, pastor auxiliar de una iglesia pentecostal y aficionado a la cría y pelea de gallos.

El frío decembrino en los suburbios de Nueva York se cala por los huesos y en la pequeña casa de Manny se respira un ambiente muchísimo más gélido, mezclado por la tristeza que acompaña a la familia.

La vida les había cambiado considerablemente y, en esta mañana de Navidad, Manny se entretiene con los gallos de pelea en el patio de su casa. A pesar del frío y de la nieve, el hombre se metió en la casita construida especialmente para sus aves; las gallinas cacarearon y los gallos cantaron moviendo sus alas a la espera de salir del cobertizo.

Años atrás, con la ayuda de sus hijos, Manny había acondicionado el gallinero con una pequeña planta eléctrica generadora de calefacción, asegurándose de que sus animales no sufrieran en invierno. El agua, la comida y la energía en el gallinero eran tan importantes como los servicios en el interior de la casa grande.

El cobertizo era de poca altura. Manny se inclinó y entró para salir a los pocos minutos con un gallo negro en sus manos. Sonriente, hablándole al animal, Manny lo sostenía en sus manos como si fuera un gran trofeo acabado de recibir luego de una competencia deportiva. Manny sostenía al gallo arisco que movía sus alas hasta que finalmente logró escaparse y empezó a correr desenfrenadamente tratando de esconderse entre los arbustos del pequeño patio.

Manny correteaba al animal por el patio cubierto de nieve hasta atraparlo entre los leños acumulados para encender la chimenea. El animal disfrutaba de sus minutos de libertad y el hombre regañaba al animal, amenazándolo con castigarlo, ¡mandándolo pa'l bote!, una expresión tan propia de las gentes del campo de su isla caribeña.

Manny es el típico neoyorquino influenciado por varias culturas. Con un gran dominio del inglés y del español, intercambia frases, costumbres y comidas con una gran facilidad. Desde muy pequeño había viajado a la isla y pasado los veranos con sus abuelos, quienes prefirieron quedarse cuidando una pequeña parcela de tabaco y plátanos en la República Dominicana que mudarse a Nueva York, con su bulla, trenes y tantísima gente.

Manny terminó de jugar con sus aves en el patio cubierto y se preparaba para servir la tradicional cena de Navidad. Su esposa caminaba lentamente por la sala, apoyándose en un andador de aluminio con el objeto de evitar caídas que pudieran complicar su reciente operación. La mujer blanca, de cabellos cortos, alta y fornida, complementaba su pijama de pantalón y camisa larga con una gran bata de popelina, estampada con grandes flores tropicales, y un pañuelo que frecuentemente lo llevaba para cubrirse la boca.

Manny y su esposa convaleciente no se atrevían a encender los arreglos navideños coleccionados durante más de cuarenta años de matrimonio. La llama de la felicidad se extinguía. Cada vez que se escuchaba el timbre del teléfono, Manny revisaba la pantalla identificadora y solamente respondía si reconocía el número, especialmente si era el de la tía de su nuera Valeria.

Deseaba inmensamente desconectar el aparato. Lo intentó en más de una ocasión, pero la condición médica de su esposa no le permitía aislarse del mundo, aunque tal vez ése fuera su mejor aguinaldo.

La cena en familia y las llamadas de los amigos eran siempre bien recibidas por todos en la casa, especialmente por Manny, quien ahora atravesaba por un gran dolor en el final de sus días, aislado del bullicio de Manhattan en donde había nacido y se había criado, para vivir finalmente en los suburbios, alejado del tren y de los depósitos de basuras en donde trabajó durante treinta años hasta jubilarse.

Manny había comenzado como "escobita" en el basurero de Nueva York en Staten Island y en El Bronx y había conocido a su esposa en su vecindario. Ella, también dominicana, dedicó toda su vida a limpiar casas y a cuidar niños en una guardería de Broadway en el Alto Manhattan. Con los ahorros, la pareja había comprado la casita perfecta para criar a sus hijos. Allí crecieron, allí murió la hija y allí su hijo se refugiaba en los momentos más críticos de su carrera artística.

Allí todos lloraban las penas.

El hijo, alto y blanco como la madre, los acompañaba desde la semana anterior a la Navidad. No podía regresar a su apartamento debido a que una legión de periodistas le esperaba en la puerta del edificio, ahora acordonado por las fuerzas especiales de la policía. La presencia de su hijo siempre era una alegría para Manny, aunque en esta ocasión una sombra de misterio amenazaba silenciosamente el hogar, aniquilando las fuerzas del hijo. Con ese ambiente tan lúgubre, de seguro que se extinguirían las posibilidades de vida de su mujer que cada vez caminaba menos y más despacio, quejándose de los dolores, y su hijo parecía un maniquí de almacén, frío, incólume y distante: la única alegría eran los gallos en el cobertizo del patio.

Manny veía a su hijo sentado en su poltrona gris con la mirada fija en el vacío, sin expresión alguna. Parecía como si el sillón del padre fuera su refugio. Allí había jugado, leído y estudiado tantas veces y ahora le servía para descansar y ver la calle. Por fortuna, la casa tenía dos gigantescas ventanas en la antesala desde donde observaba todos los movimientos de la calle y hasta del patio lateral de la casa.

El hijo de Manny permanecía sentado con sus piernas largas y gruesas juntas, con ojos visiblemente abotagados y enrojecidos que contrastaban con la palidez del rostro y de sus labios pequeños y carnosos. Manny estaba muy preocupado. Lo observaba y trataba de preguntarle detalles sobre lo sucedido con Valeria, pero sólo obtenía respuestas breves.

Al día siguiente del regreso del artista, un silencio profundo se apoderó de su casa. Manny prefirió no hablar. Era mejor jugar con sus aves y de vez en cuando dejaba un vaso de agua o de leche o una fruta en la mesita de la antesala. Su hijo pasaba horas enteras sin comer, mirando la televisión, la computadora y las ventanas.

–Sostiene la computadora en las piernas y se la pasa mirando la calle. Cada vez que se acerca un auto, se oculta tras las cortinas del ventanal. Es una actitud muy extraña, pero la situación legal no es nada fácil. Y lo peor es que no sabemos nada de Valeria - dice Manny.

Su hijo cambió los vestidos enteros de paño y seda de corte italiano y sus camisas blancas con sus iniciales grabadas en las mangas por una sudadera gruesa gris oscuro, botas deportivas altas amarradas hasta la mitad de la pierna y un buzo gris plomo que forra sus hombros anchos y musculosos.

El padre nunca alcanzó a dimensionar la seriedad del lío legal en que estaba involucrado su hijo. Tampoco se lo imaginó vistiendo el uniforme anaranjado de los reclusos de los penales de Nueva York. Manny se enteró de los detalles del caso por la prensa. Deseaba romper el silencio y buscaba encontrar la forma de hablar con Valeria, pero era imposible.

Existía una orden judicial que prohibía el acercamiento entre las dos familias. Era preferible no saber nada. Manny aprendió a querer a Valeria y la extrañaba en esta Navidad: su risa alegre, sus cabellos rubios, su cuerpo de princesa arreglando las guirnaldas que encontraba mal colocadas en el arbolito de navidad.

No había manera de ver a Valeria, quien convalecía en una cama de hospital y se rehusaba a firmar la acusación formal preparada por las autoridades para hundir definitivamente a su marido y alejarlo de los escenarios y de su fanaticada. Se repetía una y mil veces que todo había sido un accidente, una mala hora. Se había caído por el balcón al vacío y estaba viva gracias a un milagro que aún no acababa de entender. En el cuarto del hospital, en la mesita al lado de la cama de Valeria, hay una foto de su marido abrazándola. La pareja sonríe. Están sentados en un barquito en medio de palmeras que rodean la playa de aguas cristalinas.

-Así sea alquilando carpas y sombrillas en una playa, pero juntos mi amor. Ya verás que nos iremos y no te mandarán a la cárcel - repetía Valeria a la fotografía que había mandando a traer de su casa.

Los médicos y enfermeras, sorprendidos de la recuperación de la joven, decidieron dejarla caminar por los jardines del hospital, siempre bajo extrema vigilancia; sin embargo, ella nunca quiso salir de la habitación. Miraba constantemente al teléfono, esperando la llamada que nunca llegaría.

Valeria está segura de que todavía lo quiere.

La soledad y el sufrimiento crecen a medida en que transcurren los días. Sus cabellos rubios han perdido el brillo y su sonrisa se desvanece al igual que la esperanza de volver a abrazar a su marido. Quisiera hablar con Manny, pero le es imposible: no puede despertar la menor duda, no puede violar la orden del juez.

Valeria se está quedando sola.

A la semana de salir del hospital, se refugió en varias casas de familiares y amigos; sin embargo la asedian los paparazzi y eso no deja de ser una incomodidad. No quiere darle más preocupaciones a su madre en El Salvador.

Pocos días antes de la Navidad, Valeria volvió a nacer. Aprendió que las cicatrices no vienen solas y muchas de sus amistades se rehusaron a contestarle sus llamadas. Empezó a sentir que era culpable de un delito que nunca había cometido.

Su familia ha vivido y sufrido la incredulidad del público que, al verla, le cuestiona su poder de tolerancia y su capacidad de perdonar. No soporta la mirada inquisidora de quienes creen que ella no debe defender a quien le causó tanto dolor. Para ella todo "es una injusticia de la justicia" y continúa mirando su foto preferida. La piel de Valeria es tersa, sin arrugas ni cicatrices.

Aprendió de Manny a rezar y cuando se arrodilla en la sala de su apartamento en Queens y se siente inmensamente sola, sin nadie a quien llamar ni con quien hablar, grita descontroladamente hasta que los vecinos empiezan a tocarle la puerta, el piso o los tubos de la calefacción con un palo de escoba.

# Rosas y canela

Era la última visita a su apartamento del West Village, donde había vivido los últimos treinta años. Recorrió con la mirada los rincones de la habitación más íntima: su estudio. Allí guardaba todos los recuerdos de su vida de profesor universitario. No pudo resistir la tentación: se sentó en su escritorio y abrió la gaveta principal. Respiró una vez más el inconfundible aroma de mujer enamorada que había guardado por dos decenios en ese cajón.

El diario estaba allí, como el primer día que lo leyó: la cubierta estaba más brillante que nunca, debido al cuidado con paños untados de aceite y los laberintos labrados en el cuero de la portada; la delicadeza de la letra; la finura de los rasgos y la osadía de los escritos surgieron de su memoria. Eric recordaba cada pasaje escrito en ese libro, las fechas, los días, las emociones, las sensaciones y las lágrimas.

Recorrió con sus dedos arrugados la cubierta del diario y titubeó cuando quiso abrirlo. No quería empezar de nuevo, sabía los sentimientos que se despertarían y el ahogo que sufriría. Palpó el diario y recordó el día de primavera cuando lo encontró abandonado en una silla del tren. Eric y Natalia nunca se encontraron frente a frente. Él amaba en silencio a la dama de cuello largo y cabellos del color de la miel que un día vio salir raudamente del vagón del tren. Trató de seguirla pero la puerta del tren se cerró frente a su cara. El ruido ensordecedor de la fricción de los rieles metálicos del tren lo sacó allí de su asombro: escuálido, flaco y joven aún, se quedó parado con el diario en la mano.

Era un día de abril. Allí estaba el libro, en medio de la rejilla de las bancas. Con el vaivén del tren, el libro se mecía en la fría superficie de metal; lo escondió en su maletín y a la hora del almuerzo empezó a leerlo. Desde entonces no faltó un atardecer en que Eric no se sentara frente a la ventana de su estudio a repasar la historia que aparecía ante sus ojos.

Lo correcto hubiera sido entregarlo a la Oficina de objetos perdidos del Servicio de trenes, pero ese día Eric no tenía tiempo para demoras y decidió llevárselo a la universidad y devolverlo al otro día.

Ésa era la mujer con la que había soñado en sus noches de lujuria, acostado en su cama individual, con las ventanas que dan al occidente, permitiendo que las cortinas de velo blanco se movieran con la brisa refrescante del río Hudson. Sabía que no había encontrado a otra que lo llenara tanto como esa figura anónima que había escrito su historia de amor.

Lo sedujo esa dama que sin temores relataba el deseo de encontrar a un hombre que en la intimidad se convirtiera en un salvaje, hasta tal punto que, cada vez que se aventuraba a una cita de amor, buscaba en la pareja efímera o de una sola noche todas las cualidades que veía retratadas en el diario que reposaba en su estudio.

Tuvo tantas citas a ciegas con colegas, organizadas por sus compañeros de trabajo, que no dieron resultado. Fueron mujeres simples, aburridas, sin un toque de picardía en su caminar, ni en la manera en que se inclinaban en la mesa para pasar la sal o servir una copa de vino.

–Si hubiese sido mujer, sería súper coqueta y atrevida - le respondía Eric a sus amigos cuando le criticaban su falta de interés por las profesoras universitarias solteras.

La mujer era alta, sonrosada, con caderas redondas, piernas gruesas, senos pequeños y un cuello muy largo, con cabellos del color de la miel. Era una inmigrante polaca que una tarde de invierno había llegado a Nueva York en busca de una tía lejana que le prometía comida, alojamiento y un sueldo a cambio de su compañía y de los cuidados médicos que María había aprendido como enfermera auxiliar en el dispensario de su pueblo natal.

Del aeropuerto John F. Kennedy fue directamente al apartamento de la tía en Brooklyn. Una vez instalada en la vivienda subsidiada por el gobierno y desde donde se veía el océano Atlántico, aprendió la ruta de las visitas obligadas de su tía: el supermercado, la farmacia, la panadería y la iglesia ortodoxa.

Sólo una vez al mes tenía una aventura más emocionante: tomar el tren para ir al consulado polaco y firmar un documento de supervivencia, que sería enviado a su país de origen para mantenerse en el registro de la fuerza laboral que le permitiese algún día muy lejano reclamar su jubilación.

Ese viaje en tren era el único boleto a la libertad. Cada mes aprendía nuevos detalles y en cada pasajero veía reflejados sus deseos de vestir mejor, de caminar más erguida como las jóvenes oficinistas, peinarse y maquillarse mejor y así, tal vez, conseguir un marido rico.

María vivía en una metrópolis de hierro, pero su mente estaba en la campiña, a la orilla del riachuelo, donde varias generaciones de su familia se habían refrescado luego de recoger la cosecha.

A pesar de todo, María no estaba presa. Sus recuerdos la mantenían viva, las emociones se desbordaban, como el día en que recordó a su primer hombre. . .

*Fue una tarde de primavera cuando por primera vez encontré el amor disfrazado de sexo... estaba allí en la puerta del teatro en donde quedamos en encontrarnos... como era empleado del lugar, Nicolás podía entrar a diferentes horas y así lo hicimos. No hubo intercambios de palabras, sólo un hola y allí, contra la pared de la sala principal, con todas las luces apagadas, empezó a besarme, primero en el cuello, luego desesperadamente me tocaba y sin quitarme la ropa me hizo suya... la sangre me rodaba por las piernas... y él me gozó a su manera, egoísta y salvajemente y su aliento asqueroso era una mezcla de vinagreta, ajo y vodka...*

Esa manera tan burda no fue más que el inicio de varios encuentros furtivos, descritos uno a uno por la joven que había decidido escribirlos en su cuaderno para alejar de su mente los recuerdos que la habían convertido en un ser calculador que por años se había rehusado a entregar su cuerpo. Había sido usada hasta el cansancio por Nicolás y, después, por Anastasio, Mario, Gustavo y hasta por Octavio, el bobo del vecindario.

Ahora vivía en Brooklyn. Éste era el momento para recuperar esa ausencia de amor, de recibir flores, chocolates y muñecos de peluche. Se estaba despertando en ella una habilidad para seducir en el tren o en el consultorio del doctor de su tía a hombres imposibles.

Sus relaciones eran efímeras pero intensas, nacían a la luz del sol y morían al atardecer cuando regresaba a casa de su tía con la bolsa llena de medicinas o alimentos.

Una noche de marzo, la víspera de su salida, María se lavó el cabello y se lo secó con una toalla. Luego colocó la toalla mojada sobre el calentador de la cocina para que se secara rápidamente y luego pasársela nuevamente por el cabello porque no podía encender el secador para el pelo.

–No quiero pistolas para el cabello. Detesto el ruido que hacen. Además consumen mucha energía y tú no pagas la electricidad - le había dicho su tía.

Si escribiera todo lo que sucede en casa, le tocaría escribir en su diario toda una enciclopedia. María sabía que debía olvidarse de los comentarios de su tía y se concentró en preparar la ropa para mañana. "Visitaré a Olaf en la farmacia y me llevará detrás del mostrador, al cuartico donde colocan las inyecciones las enfermeras", pensó María. "Me mostrará por fin eso que quiere enseñarme desde diciembre, cuando le acepté tomar el café que me ofreció; hacía tanto frío y estaba tan rico el café y la farmacia caldeada y agradable. . . si yo fuera la esposa del boticario, si esa mujer gorda y desdentada no controlara la vida de Olaf, podría tomar su lugar."

Eric notó que muchas de las entradas en el diario de María no tenían fecha. Eran anotaciones sin referencia alguna. Luego de la expectativa de visitar a Olaf en marzo, la mujer volvió a escribir una extensa carta a finales de abril.

> *Decidí viajar en autobús. Es primavera y quiero ver el sol y las flores que empiezan a aparecer colgadas en los balcones, en las terrazas de los edificios, en las jardineras de la Avenida Madison y en muchas otras partes. Regreso a la farmacia de Olaf y esta vez no será como la visita de marzo. En esta ocasión tomaré café caliente, aceptaré ir a la trastienda y allí seré yo quien tome la iniciativa. ¿Qué se cree el tonto ése, que se puede montar detrás de mis caderas y moverse y yo doblada allí aguantando todo su peso? No, ni más faltaba. Me duelen las piernas y me quedo sin energías para visitar a Marcos, el sastre que también me acaricia los pechos y me deja llevar la ropa sin cobrarme.*

Para Eric, la vida de María estaba rodeada de nostalgia y sinsabores. Desde un principio le gustó el poder de supervivencia de la joven, quien a pesar de todos los fracasos soñaba con encontrar el amor que la convirtiera en un manojo de emociones, que le despertara la capacidad de dar y nunca esperar nada.

Escribe María que una mañana, a la salida de la estación del tren, escuchó los gemidos de dos mujeres que se besaban a escondidas en la escalera. Reconoció a una de ellas, quien fielmente asistía a la misa dominical junto a su esposo y sus dos hijos. "No sé su nombre, no sé nada de ella. Sólo veo que comparte sus pasiones con una joven en el tren, escondiéndole a su marido que se besuquea con otra mujer. Ésa juega a lo mismo que juego yo."

En otros apartes del diario, Eric descubría nuevas facetas de María.

> *Esta noche, cuando mi amado llegue a casa, lo esperaré con un caldo de papas y carne, con un vaso de vino y un pastel de durazno, con las cortinas de la habitación corridas para que no se escape la esencia de rosas y canela que he preparado para ambientar el cuarto.*
>
> *Los preparativos también se reflejarán en mí: vestiré esa túnica blanca de escote profundo y tela de chiffon. . . Esta noche será especial. Le contaré a Vladimir que me iré a la América, que estoy cansada de ser su amante, de vivir en el anonimato, pobre y sola y comiendo repollo y salchichas todo el tiempo.*

María preparaba las escenas cuidando de cada detalle y esto a Eric le complacía pues sentía que habían sido planificadas exclusivamente para él. Quería encontrar a María alegre y vestida con su túnica al regresar a casa luego de un día en la academia. Por supuesto que odiaba el repollo y las salchichas. Comería salmón con queso de nata y le daría la copa de vino a la mujer que nunca apareció en su vida.

Pero la realidad era otra: María no lo esperaría. Nunca podría hacerlo. María era solamente un personaje de un diario encontrado en un tren de Nueva York que le alimentaba la fantasía de tener una mujer que cuidara de él, que le contara las alegrías y frustraciones del día y que lo esperara en casa oliendo a rosas.

Tantos años esperando, tantas caminatas dominicales por la tarde, aburrido, soñando con María a su lado, contorsionando las caderas y contándole las historias de Olaf y Marcos.

–Profesor, ya se va el camión - gritó el joven que lo ayudaba a mudarse, un estudiante de cuarto año de derecho que a partir de ahora ocuparía el apartamento que había sido su templo, el mismo joven que se encargaría de enviarle la correspondencia a su casa de campo.

Eric no respondió; no quería hablar. Salió del cuarto, bajó las escaleras y caminó hacia el vehículo. Se detuvo brevemente y aspiró a bocanadas el aire fresco del río. A medida que se alejaban de la ciudad, disminuía la algarabía del tráfico y se internaban por caminos boscosos llenos de flores multicolores.

Sin prisa llegó a la cabaña de dónde provenía el aroma de rosas y canela.

# La gata real

"La locura de Miau-miau no es tanta", reflexionó Barney al despertarse ese sábado, justo un día después de que su hermano lo amenazara con envenenar a Miau-miau si ésta no dejaba de mirarlo inquisitivamente cada vez que se lo tropezaba en el pequeño apartamento que compartían en uno de los pocos edificios en Elmhurst (Queens) donde aún vivían centenares de familias chinas.

Fueron tantos los insultos recibidos, que un sábado muy de mañana, cuando los dos hermanos dormían, la pequeña gata les demostró su capacidad de entendimiento.

–Su paso por esta vida no era sólo para comer, cagar y dormir - decía Barney en defensa de su animal doméstico.

–¿Por qué te preocupas tanto por esa gata? - era la frase obligada de todas las mañanas cuando Barney le cambiaba el agua y la arena al baño portátil de Miau-miau.

Cinco años habían pasado desde aquella noche cuando Barney llamó a la policía, al cuerpo de bomberos y a la Sociedad protectora de animales para rescatar al animal de una alcantarilla. Doce horas duró la operación. Finalmente los bomberos sacaron al felino, que en ese entonces no era más que una bola de huesos, con poco pelo y unos ojos café que se apoderaron de la voluntad de Barney.

El bombero que la sacó de la alcantarilla, envolvió a la gata en una manta especial para estabilizar la temperatura del animal y caminó hasta la esquina en donde esperaba Barney, quien de inmediato lo rechazó.

–No es mío. Sólo llamé porque oí sus maullidos.

-Está bien - respondió el bombero. -Ahora es tuyo. Se salvó gracias a ti y si no te lo llevas para la casa, mañana lo "ponen a dormir" en el Albergue para animales callejeros y toda esta operación de rescate de hoy será en vano.

Sin otra opción, Barney se encargó desde esa noche de Miau-miau. A la semana del rescate, Miau-miau ya había visitado dos veces al veterinario y el salón de peluquería especializada para animales domésticos. A los seis meses, ya había viajado a Long Island con la abuela de Barney. Un año más tarde, después de varias rabietas, depresiones e incluso huelgas de hambre, Miau-miau visitó al siquiatra.

-Es una gata problemática - dice Barney. –

Tiene miedo de que la abandone. Cada vez que salgo a trabajar, Miau-miau maúlla; cada vez que salgo a una fiesta, Miau-miau se orina por toda la casa; y cada vez que invito a una mujer a visitarme, Miau-miau le brinca encima, le daña las medias, la cartera, el vestido y, en el invierno, se enreda en los abrigos de lana y en las bufandas hasta destruirlos.

Barney era el esclavo de Miau-miau y no pensaba en encontrar la manera de mejorar la imagen de su gatita ante los ojos inquisidores de su hermano menor. Los reproches contra la gata eran continuos y las amenazas eran más fuertes cada día.

Barney empezó a preocuparse. Nunca creyó que a sus veintitrés años debería escoger entre compartir el pago de la hipoteca del apartamento con su hermano o vivir con Miau-miau y buscarse un segundo trabajo que le permitiera cumplir con sus obligaciones mensuales.

El viernes día de pago, muy entrada la noche, Barney fue como de costumbre al restaurante Bangladesh en la Calle 76. Camino a su casa pensaba en cada una de las palabras que le diría a su hermano. "Sabes qué, si sigues insultando a Miau-miau es mejor que te mudes." No, así no, pues su hermano se resentiría. Mejor intentaría convencerlo de que Miau-miau era más que una bola de huesos y que tenía talento, fineza, astucia y, lo mejor de todo, que lo quería, que le demostraba cariño.

Temeroso de enfrentarse con su hermano,

Barney pensó en llegar a casa, encerrarse en su alcoba y esperar a que llegara el fin de semana. Tal vez el domingo por la mañana, cuando se sentaran juntos a comer *bagels* con queso de nata, podrían hablar de Miau-miau.

Así lo hizo. No había nadie en casa, sólo Miau-miau, quien le dio la más calurosa bienvenida: se trepaba por la pierna derecha de Barney, se subía hasta el cuello y allí se quedaba dándole besitos en la cabeza y lamiéndole la oreja derecha. Barney nunca supo por qué Miau-miau prefería ese lado de su cuerpo. Y Miau-miau nunca se lo dijo.

Barney se acostó a dormir. Había programado el reloj despertador para las 7 y 45 de la mañana Como era su costumbre, esperaba adelantársele al reloj porque producía un ruido que despertaba a toda la familia, incluidos Miau-miau, los tres peces de la pecera de agua oscura que adornaba la sala y hasta al vecino del apartamento de al lado, que con desagrado golpeaba las delgadas paredes divisorias de las viviendas antiguas de Nueva York.

El sábado por la mañana, Barney salió de su habitación, caminó hacía el corredor rumbo al baño, cuando vio un ratón muerto con la cabeza retorcida, ensangrentado y encima del escritorio de su hermano, justo sobre el teclado de su nueva computadora. Ahora sí que estaba en el otro mundo: se había firmado la partida de defunción de la gata. Barney corrió y agarró una revista con la que empezó a limpiar "el lugar del crimen". No había duda, era la revancha de Miau-miau, era el final de su vida cómoda con calefacción, con comida las 24 horas del día, agua limpia, paseos en coche y una programación de televisión multilingüe. A Miau-miau le fascinaba la telenovela en chino de las tres de la tarde y la de las ocho de la noche en portugués. Miau-miau se paralizaba viendo las escenas apasionadas de las artistas brasileñas que daban alma, vida y corazón por el amor del galán de turno.

"Es el final", pensó Barney, mientras buscaba en la cocina un papel para darle sepultura al regalito de Miau-miau. Pero no tuvo tiempo pues su hermano también se había despertado, recorrido el mismo camino y visto de reojo el cadáver del ratón cazado por Miau-miau. Continuó caminando, entró al pequeño baño y, mirándose al espejo, comenzó a reírse a carcajadas.

-¡Es más inteligente de lo que pensé! - reconoció el hermano de Barney. El espejo empezó a empañarse con el vapor del agua caliente y la silueta del ratón con el cuello retorcido se apareció reflejada en él. Algo sobrenatural sucedía.

–Te la llevas hoy mismo. ¡Ni un día más!

Barney, sin ponerle atención a las palabras de su hermano, comenzó a ver el noticiero del canal local en donde apareció la foto de Miau-miau con la que se ofrecía una recompensa de cien mil dólares a quien devolviera la gata que se había extraviado y sus dueños eran miembros de la familia real de Escocia.

Para ese entonces Miau-miau, que había observado todo el drama desde la parte alta de un mueble antiguo de madera clara, ya había preparado su escapada. Definitivamente se mudaría al restaurante del primer piso del edificio en donde la aceptarían inmediatamente. Tenía una gran misión: cazar ratones, ver televisión el día entero, cagar, comer y dormir sin escuchar insultos.

# La autora

Jacqueline Donado es periodista, residente en los Estados Unidos desde 1985. Nació en Barranquilla, Colombia. Ejerce su carrera profesional en Nueva York.

Sus títulos más recientes son Newyorkinos (2013), Willets Point The Garden of Ashes (2009), Willets Point El jardín de las cenizas (2008). Fue Subdirectora de El Diario/La Prensa y estuvo vinculada a esa casa editorial por 10 años. Publicó en el 2006 una colección de cuentos con nueve reporteros que trabajaban juntos en el centenario periódico. Cuentos Locos, el título del libro de cuentos, fue un ejercicio para dar a conocer el proceso creativo de un periodista en una sala de redacción al momento del cierre.

Nueva York, NY

www.bookpressny.com

www.ingramcontent.com/pod-product-compliance
Lightning Source LLC
LaVergne TN
LVHW050934080826
845145LV00004B/1257

* 9 7 8 0 9 8 4 7 0 3 0 3 6 *